人間回収車

〜地獄からの使者〜

後藤リウ／著
泉道亜紀／原作・イラスト

★小学館ジュニア文庫★

人《にん》間《げん》回《かい》収《しゅう》車《しゃ》
～地《じ》獄《ごく》からの使《し》者《しゃ》～

CONTENTS《コンテンツ》

――こちらは
人間《にんげん》回収車《かいしゅうしゃ》です
ご不要《ふよう》になった
人間《にんげん》はいらっしゃいませんか

壊《こわ》れていても
かまいません
どんな人間《にんげん》も
回収《かいしゅう》いたします

イラスト・まんが／泉道《せんどう》亜紀《あき》

回《かい》収《しゅう》リスト1

鈴《すず》木《き》千《ち》穂《ほ》

鈴木千穂《すずきちほ》は、ずっと空気《くうき》をよんで生《い》きてきた。

千穂《ちほ》は中学一年生《ちゅうがくいちねんせい》。両親《りょうしん》をなくしてから、小学生《しょうがくせい》の妹《いもうと》といっしょに、親戚《しんせき》の家《いえ》へひきとられた。その家《いえ》のおばさんは、ことあるごとに千穂《ちほ》と妹《いもうと》につらくあたった。だから千穂《ちほ》は、なんでもおばさんの言《い》うとおりにして、ちやほやとごきげんをとり、息《いき》をひそめるようにして暮《く》らしてきた。

そんなふうに生活《せいかつ》するうちに、『空気《くうき》をよむこと』は、いつのまにか千穂《ちほ》の習性《しゅうせい》になっていたのだ。

その朝《あさ》も、おばさんは、いきなり千穂《ちほ》の妹《いもうと》に言《い》った。

「いいかげん、その髪《かみ》を切《き》りなさいよ。うっとうしい」

妹《いもうと》は、さっと顔色《かおいろ》をかえる。千穂《ちほ》は、妹《いもうと》が長《なが》い髪《かみ》にあこがれていて、髪《かみ》をのばしているとちゅうだということを知《し》っていた。

「いや！　べつに髪型《かみがた》くらい、わたしの自由《じゆう》でしょ」

妹《いもうと》が反抗的《はんこうてき》に言《い》いかえし、千穂《ちほ》はひやっとした。

おばさんが、声《こえ》をあららげる。

「見《み》てるこっちがうっとうしいって言《い》ってるんだよ。だいたい、あんたに長《なが》い髪《かみ》は、にあわない。ぶさいくなんだから」

すると、おばさんの小学生《しょうがくせい》の息子《むすこ》が、げらげらわらって、はやしたてた。

「ぶーす、ぶーす！　おまえなんて、どんな髪型《かみがた》したって、にあわねーよ！」

千穂《ちほ》も、あわてて言《い》った。

「そうよ、あんた。おばさんが言《い》ってるでしょ。うっとうしいから切《き》りなさい」

「どうして？　おねえちゃんだって、のばしてるじゃない！」

妹《いもうと》が反論《はんろん》すると、おばさんが、きめつけるように言《い》う。

「千穂《ちほ》は中学生《ちゅうがくせい》だからいいんだよ。だいたい、小学生《しょうがくせい》のころから、見《み》かけにばっかり気《き》をつかうような子《こ》なんて、ろくな人間《にんげん》にならないからね」

「ほんと、おばさんの言《い》うとおりだわ。見《み》かけに気《き》をつかうのは、おとなになってからでじゅうぶん。子《こ》どものうちは、勉強《べんきょう》とか、もっとたいせつなことが、ほかにもあるんですもんね」

千穂《ちほ》は、へつらうようにわらって同意《どうい》する。おばさんは、あてつけるようにためいきをついた。

「ほんとうにこの子《こ》ったら、なまいきでしょうがない。あんたたちのせいで、わたしがどんなに苦労《くろう》してるか、まるでわかってないんだから。すこしは、お姉《ねえ》ちゃんを見《み》ならって、すなおに言《い》うことをきいたらどうだい？」

みんなからせめられて、妹《いもうと》は涙《なみだ》をうかべ、だまりこんだ。千穂《ちほ》とおばさんたちは、泣《な》いている妹《いもうと》を無視《むし》して、朝《あさ》ごはんを食《た》べた。

学校《がっこう》へ行《い》くために、家《いえ》を出《で》たところで、妹《いもうと》が千穂《ちほ》にくってかかった。

「どうしておねえちゃんは、おばさんのきげんばかりとって、わたしの味方《みかた》をしてくれないの？　まえに髪《かみ》をのばすって言《い》ったときは、おねえちゃんも、さんせいしてくれたじゃない！」

「しかたないでしょ。わたしたち、あの家《いえ》でやしなってもらってるんだもの」

「髪《かみ》をのばすくらい、いいじゃない！　わたし、ぜったい切《き》らないからね！」

「あのねえ、あんたがそんなふうに反抗《はんこう》ばかりするから、わたしがおばさんのごきげんをとらなきゃいけなくなるんだよ。わたしだって苦労《くろう》してるの、わかるでしょ？」

千穂《ちほ》はうんざりして、ためいきをついた。

妹《いもうと》は、ほんとうにバカだと思《おも》う。すこしは空気《くうき》をよめばいいのに。

たしかにおばさんは、たんに妹《いもうと》をいじめたくて、あんなことを言《い》ったのかもしれない。

でも、それで、「あんたはひどい。まちがってる」と言《い》って妹《いもうと》をかばったって、なんになるだろう。おばさんはよけいに怒《おこ》って、千穂《ちほ》までひどい目《め》にあうだけだ。

千穂《ちほ》はいつもその場《ば》の空気《くうき》をよんで、みんなにあわせて行動《こうどう》している。学校《がっこう》でだって、空気《くうき》をよまずになにか言《い》ったりしたら、それをきっかけに、仲間《なかま》はずれにされたり、いじめられるようになるだろう。

いじめられるのは、いや。

怒《おこ》られるのも、いや。

だから、いつもみんなに気《き》をつかって、息《いき》をひそめ、言《い》いたいことも言《い》わずに、がまんしている。

じっさい、空気《くうき》をよむのは、慣《な》れればそれほどむずかしいことではない。そこにいるなかで、いちばん強《つよ》い人《ひと》の言《い》うことに同意《どうい》して、同《おな》じことを自分《じぶん》も言《い》えばいいのだ。そうすれば波風《なみかぜ》を立《た》てることもなく、自分《じぶん》は無事《ぶじ》でいられる。

千穂《ちほ》は、妹《いもうと》のせなかをたたいて、はげますように言《い》った。

「とにかく、あんたもがまんしなさい。髪《かみ》なら、中学生《ちゅうがくせい》になってから、のばせばいいじゃない」

うつむいた妹《いもうと》の目《め》から、涙《なみだ》が落《お》ちた。妹《いもうと》は千穂《ちほ》に背《せ》をむけて、ぽつんとつぶやく。

「おとうさんとおかあさんが、生《い》きててくれたら……」

「そんなこと言《い》ったって、しかたないでしょ。めんどうみてくれてるおばさんに、悪《わる》いと思《おも》わないの？　あんたって、ほんとうに恩《おん》しらずね」

妹《いもうと》は、肩《かた》ごしに、千穂《ちほ》をじろっとにらんだあと、走《はし》っていってしまった。

千穂《ちほ》も、ためいきをもういちどついてから、学校《がっこう》へむかう。

ほんとうに、妹《いもうと》はバカだ。死《し》んだ人《ひと》のことを恋《こい》しがったって、たすけてくれるわけでもないのに。

でも――

千穂《ちほ》は、こっそり思《おも》う。

――妹《いもうと》は、バカなままでいてくれたほうが、ありがたい。

そうすれば、おばさんたちはこれまでみたいに、妹《いもうと》を標的《ひょうてき》にして、わたしは無事《ぶじ》でいられる。

いじめられるのは、いや。

自分《じぶん》がいじめられるよりは、妹《いもうと》がいじめられるほうが、ずっといい。


しかたない。

妹《いもうと》はバカで、反抗《はんこう》ばかりしてる、恩《おん》しらずなんだから。


学校《がっこう》がおわり、千穂《ちほ》が、友《とも》だち数人《すうにん》といっしょに帰《かえ》ろうとしていたときのことだった。

校門《こうもん》のすぐ横《よこ》の木《き》に、カラスが一羽《いちわ》、とまっている。

だれかが「いやだぁ」としりごみした。カラスのとまっている枝《えだ》は、校門《こうもん》の上《うえ》にはり出《だ》していて、通《とお》ろうとするとすぐ下《した》を歩《ある》かないといけない。

千穂《ちほ》も、ちょっといやだな、と思《おも》った。カラスは近《ちか》くで見《み》ると意外《いがい》と大《おお》きくて、くちばしもするどく、ずるがしこそうな目《め》を光《ひか》らせている。

みんなが立《た》ち止《ど》まったとき、いちばん気《き》の強《つよ》いサオリが、足《あし》もとの小石《こいし》をひろってカラスに投《な》げた。石《いし》はカラスのとまっている枝《えだ》のすぐ下《した》をかすめ、カラスは「かあ」とないて飛《と》び上《あ》がった。でも、すぐ上《うえ》の枝《えだ》に飛《と》びうつっただけだ。それが、こちらをバカにしているみたいで、なんだかむかつく。

サオリがまた小石《こいし》を投《な》げ、つられてみんなも同《おな》じように石《いし》を投《な》げだした。カラスはひらりと、もっと高《たか》い枝《えだ》に逃《に》げたが、まだ飛《と》びさるようすはない。

「なに、あいつ。むかつくんだけど」

「なんで逃《に》げないの」

千穂《ちほ》たちは笑《わら》いながら石《いし》を投《な》げる。

だんだん、最初《さいしょ》の目的《もくてき》をわすれて、いやなカラスにいちどでも、石《いし》をあててやりたいという気《き》もちになっていた。でも、カラスのいるところが高《たか》くなったから、なかなかとどかない。

そのとき、うしろから声《こえ》がかけられた。

「よしなよ。もし、あたってケガしたら、かわいそうでしょ」

ふり返《かえ》ると、叶真希《かのうまき》が立《た》っていた。

叶真希《かのうまき》は、千穂《ちほ》たちと同《おな》じクラスの子《こ》だ。中学《ちゅうがく》になっても、うしろにひっつめた三《み》つ編《あ》み頭《あたま》で、しゃれっ気《け》のかけらもなく、銀《ぎん》ぶちのめがねをかけている。

みんなのリーダー格《かく》のサオリが、むっとして言《い》いかえす。

「べつにいいじゃん。カラスは人《ひと》にめいわくかける悪《わる》い鳥《とり》なんだよ。ゴミちらかしたりして。あんた、そんなこともしらないの？」

しかし真希《まき》は、ひきさがろうとしない。

「それは人間《にんげん》のつごうでしょ。カラスはふつうにエサを食《た》べてるだけで、べつに悪《わる》いことしようとしてるわけじゃないもの。それに、投《な》げた石《いし》が、ほかの人《ひと》にあたるかもしれないよ。あぶないじゃない」

千穂《ちほ》たちはげんなりしてしまった。真希《まき》の言《い》うことはたしかに正《ただ》しい。でも、みんなで楽《たの》しくやっているときに、正論《せいろん》を言《い》ってとがめられたら、だれだって、いい気分《きぶん》にはならないものだ。

叶真希《かのうまき》はいつでもこうだった。まったく空気《くうき》をよまずに、言《い》いたいことを言《い》って、みんながしらけたり、いやな気持《きも》ちになっても、おかまいなしなのだ。千穂《ちほ》はそんな真希《まき》のことが大《だい》きらいだった。

みんな、ほかの人《ひと》にきらわれないように、ときには自分《じぶん》の意見《いけん》をまげて、がまんしているのだ。なかよくやっていくために、みんな努力《どりょく》しているというのに。

それなのに、叶真希《かのうまき》はどうしてこんなに、自分勝手《じぶんかって》なんだろう？

気《き》の強《つよ》いサオリが、真希《まき》にかみつく。

「あんたって本当《ほんとう》にむかつくよね？　なんなの？　正義《せいぎ》の味方《みかた》のつもり？」

「べつにそんなつもりないけど、正義《せいぎ》の味方《みかた》のなにがいけないの？」

「えらそうに、ひとに指図《さしず》しないでよ！　昨日《きのう》だって、みんなでちょっとふざけてただけなのに、『いじめだ!』なんてさわぎたててさ!」

それは、昨日《きのう》クラスでおこった事件《じけん》のことだ。

なにをやってもどんくさい亀山《かめやま》という女子《じょし》が、そうじのときにバケツをひっくり返《かえ》してしまった。サオリが「どん亀《がめ》」と言《い》ってからかい、みんなでわらっていたとき、いきなり叶真希《かのうまき》が「それはいじめだ」なんて、とんでもないことを言《い》いだしたのだった。

いまも、真希《まき》はしれっと言《い》う。

「だって、あれはいじめじゃないの」

「いじめてないよ。どん亀《がめ》だって、わらってたじゃない!」

サオリが言《い》いかえし、千穂《ちほ》もそれに同調《どうちょう》する。

「そうだよ、いじめじゃないよ。だいたい、亀山《かめやま》がどんくさいのが悪《わる》いんでしょ!」

「それなのに、かってに、いじめだなんて言《い》って、こっちを悪者《わるもの》にしないでよね!」

「そうそう。ほんっと、きぶん悪《わる》い」

みんなが口々《くちぐち》に言《い》うが、叶真希《かのうまき》はまったく、あやまろうとしない。

「『どん亀《がめ》』なんて言《い》われた亀山《かめやま》さんは、もっときぶん悪《わる》いと思《おも》うよ」

「はァ？　だからなんで、あんたにそんなこと、言《い》われなきゃなんないのよ！」

「ほんとこいつ、むかつく！」

そのとき、校門《こうもん》の外《そと》から、スピーカーをとおした、ざらざらした声《こえ》が聞《き》こえてきた――


〈こちらは、人間回収車《にんげんかいしゅうしゃ》です。

ご不要《ふよう》になった人間《にんげん》はいらっしゃいませんか。

こわれていても、かまいません。

どんな人間《にんげん》も回収《かいしゅう》いたします。

お気軽《きがる》に、お声《こえ》かけください――〉

――人間回収車《にんげんかいしゅうしゃ》？

千穂《ちほ》はおどろいて、声《こえ》のするほうを見《み》た。すると、ちょうど学校《がっこう》のまえの道路《どうろ》を、一台《いちだい》の軽《けい》トラックが通《とお》りかかるところだった。まるでほんとうの廃品回収《はいひんかいしゅう》の車《くるま》みたいだ。でもその軽《けい》トラックは、闇《やみ》をぬりつけたような黒《くろ》い色《いろ》をしていた。

黒《くろ》い軽《けい》トラックから、男《おとこ》のひくい声《こえ》がながれてくる。

〈こちらは、人間回収車《にんげんかいしゅうしゃ》です――〉

さいしょは聞《き》きちがいかと思《おも》ったが、たしかに『人間回収車《にんげんかいしゅうしゃ》』と言《い》っている。でも、まさか人間《にんげん》を回収《かいしゅう》する車《くるま》なんてあるんだろうか？

あぜんとしていた千穂《ちほ》たちだったが、ふいにサオリが声《こえ》を上《あ》げた。

「ちょっとまって！　ほんとうに人間《にんげん》を回収《かいしゅう》してるの？」

その声《こえ》が聞《き》こえたのか、黒《くろ》い軽《けい》トラックが校門《こうもん》のまえにとまった。運転席《うんてんせき》には、黒《くろ》い帽子《ぼうし》をかぶり、黒《くろ》い制服《せいふく》を着《き》た、まだわかい男《おとこ》の人《ひと》が乗《の》っている。

千穂《ちほ》は、またおどろいてしまった。ふつうの廃品回収《はいひんかいしゅう》の人《ひと》とちがって、タクシーや電車《でんしゃ》の運転手《うんてんしゅ》みたいな制服《せいふく》を着《き》ていることもおどろきだが、その人《ひと》が、とてもかっこよかったからだ。

テレビで見《み》るアイドルや役者《やくしゃ》より、もっときれいな顔《かお》をしている。なめらかな肌《はだ》は白《しろ》くて、底《そこ》がしれないような、すきとおった黒《くろ》い目《め》。まるで生《い》きている人間《にんげん》には見《み》えないくらい、ととのった顔《かお》を、黒《くろ》く長《なが》い前髪《まえがみ》が半分《はんぶん》かくしている。

運転手《うんてんしゅ》は、まどから顔《かお》を出《だ》して、にこやかにこたえた。

「ええ、ご不要《ふよう》な人間《にんげん》でしたら、よろこんで回収《かいしゅう》いたします」

するとサオリが、叶真希《かのうまき》をゆびさした。

「じゃ、こいつを回収《かいしゅう》して！」

「えっ？」

真希《まき》がさすがにたじろいで、あとずさる。みんなが、わらい声《ごえ》をあげた。

「サオリ、それ、いい考《かんが》え！　そうだよ、真希《まき》を回収《かいしゅう》してもらおうよ」

「ほんと、こんな人間《にんげん》、うちらのクラスに必要《ひつよう》ないって」

千穂《ちほ》も、みんなといっしょになって言《い》う。

「みんなにめいわくかけてるのに、いくら注意《ちゅうい》しても、ぜんぜんなおそうとしないんだもん。自業自得《じごうじとく》だよ」

千穂《ちほ》はほんとうに、そう思《おも》っていた。よけいなことを言《い》う真希《まき》なんかいなければ、みんな、もっとたのしくやっていけるのだ。ほんとうに。

これまで人《ひと》の気持《きも》ちも考《かんが》えず、好《す》きかってにふるまってきたむくいを、うければいい。

運転手《うんてんしゅ》がおりてきて、にこやかな顔《かお》のまま、ぐいっと真希《まき》のえり首《くび》をつかみ上《あ》げる。

「ご利用《りよう》、ありがとうございます！」

千穂《ちほ》はまた、目《め》をまるくする。細身《ほそみ》の体《からだ》からは想像《そうぞう》もできない力《ちから》で、運転手《うんてんしゅ》はかるがると真希《まき》を片手《かたて》でつりさげ、ぽいっと軽《けい》トラックの荷台《にだい》にほうりこんだ。まるで、真希《まき》の体《からだ》が、かってに車《くるま》のほうに、すいこまれたみたいにも見《み》えた。

「いやあぁぁっ！」

あぜんとしていた真希《まき》が悲鳴《ひめい》を上《あ》げるが、黒《くろ》い軽《けい》トラックは無情《むじょう》に走《はし》りだす。荷台《にだい》から乗《の》りだして、泣《な》きそうな顔《かお》の真希《まき》を見《み》て、千穂《ちほ》たちは大《おお》わらいした。

黒《くろ》い軽《けい》トラックは小《ちい》さくなっていった。きみょうなアナウンスをながしながら――

〈こちらは、人間回収車《にんげんかいしゅうしゃ》です。ご不要《ふよう》になった人間《にんげん》はいらっしゃいませんか……〉

『人間回収車《にんげんかいしゅうしゃ》』なんて、すごいものがあるなんて、しらなかった。

千穂《ちほ》は、なんども、叶真希《かのうまき》が泣《な》きべそをかいて、回収《かいしゅう》されてゆくところを思《おも》いだし、胸《むね》がすくような気持《きも》ちになる。

わたしは毎日《まいにち》、家《いえ》でも学校《がっこう》でも、ひとの顔色《かおいろ》をうかがって、びくびくしているのに、あの人《ひと》だけ自由《じゆう》にふるまえるなんて、ぜったいゆるせない。わたしよりもっとつらい思《おも》いを、真希《まき》もあじわえばいい。

だれだって、自分《じぶん》のしたことのむくいを、うけるべきなのだ。

うちへ帰《かえ》ってからも、千穂《ちほ》は上《じょう》きげんだった。しきりに妹《いもうと》に話《はな》しかけたが、妹《いもうと》は今朝《けさ》のことをまだ、うらみに思《おも》っているのか、おしだまって答《こた》えようとしない。それでも千穂《ちほ》は、まったく気《き》にしなかった。

叶真希《かのうまき》のいなくなった学校《がっこう》は、きっとたのしいだろう。よけいなことを言《い》って、空気《くうき》をこわすじゃま者《もの》は、もういない。

千穂《ちほ》はそう思《おも》って、翌日《よくじつ》、意気《いき》ようようと登校《とうこう》した。

だが、教室《きょうしつ》に入《はい》って、千穂《ちほ》は自分《じぶん》の目《め》をうたがう。

そこには叶真希《かのうまき》が、いつもどおり登校《とうこう》していた。そして、亀山《かめやま》が目《め》に涙《なみだ》をためて、サオリをせめていた。

「叶《かのう》さんを、人間回収車《にんげんかいしゅうしゃ》なんてものに回収《かいしゅう》させたってほんと？」

サオリは、けげんそうに真希《まき》をにらんでいたが、くってかかる亀山《かめやま》にこたえる。

「ほんとよ。だって、不要《ふよう》な人間《にんげん》を回収《かいしゅう》してくれるっていうから」

「ひどい！」

亀山《かめやま》がさけんだ。真希《まき》も、

「わたしは帰《かえ》ってこられたからよかったけど、あんなの、いたずらじゃすまされないよ。あの運転手《うんてんしゅ》が、あぶない人《ひと》だったら、どうするの？」

と、いつもより、こわばった顔《かお》で言《い》う。

サオリがうんざりしたようすで、言《い》いかえす。

「帰《かえ》ってきたとたん、お説教《せっきょう》？　いいかげんにしてよ！　あんたのそういうところが、きらわれる原因《げんいん》なんだよ。あんな目《め》にあって、なんで反省《はんせい》しないの？」

「いいかげんにするのは、そっちだよ！」

亀山《かめやま》が、怒《いか》りに顔《かお》を赤《あか》くして、サオリにつめよる。

「なんでいつも、ひどいことばっかりするの!?　わたしがみんなにわらいものにされて、つらい思《おも》いしてるとき、たすけてくれたのは叶《かのう》さんだけだった！　反省《はんせい》しなきゃならないのは、あんたのほうじゃないの！」

「わ……わたしはべつに、わらいものにしたつもりじゃ……」

サオリがたじたじとなる。すると、ほかの女子《じょし》も声《こえ》を上《あ》げた。

「わたしもよ。サオリたちにいじめられてたとき、叶《かのう》さんがやめろって言《い》ってくれた。それなのにあんたは、空気《くうき》よまないとか言《い》って、叶《かのう》さんを、悪者《わるもの》みたいに言《い》って！」

さわぎを聞《き》いていた男子《だんし》たちも、あきれたように言《い》う。

「だいたい、なんだよ？　叶《かのう》は、おまえらがカラスに石《いし》ぶつけてたのを、注意《ちゅうい》しただけなんだろ？　悪《わる》いことしてたの、おまえらのほうじゃん。それなのに逆《ぎゃく》ギレして、えたいのしれない人間回収車《にんげんかいしゅうしゃ》に回収《かいしゅう》させるって、さすがにひどすぎるだろ」

どうも雲《くも》ゆきがあやしくなってきた。これは、みんなのほうに、ついておくほうがいいだろう。

千穂《ちほ》はしおらしい声《こえ》で言《い》った。

「わ……わたしも、ちょっとサオリ、やりすぎかなって思《おも》ったんだよ。でも、こわくて、とめられなくって」

サオリがおどろいた顔《かお》で、こちらを見《み》るが、千穂《ちほ》は目《め》をそらしてやりすごす。サオリには悪《わる》いが、こういうときは、多《おお》いほうについておけば、まちがいない。

男子《だんし》がわらいながら、はきすてるように言《い》った。

「ほんっと、サオリって、こえーやつ。ちゃんと叶《かのう》にあやまれよな」

「なんなのよ！　みんな、なんで真希《まき》なんかの肩《かた》をもつの⁉」

帰《かえ》り道《みち》、サオリはまだ怒《おこ》っていた。

「人間回収車《にんげんかいしゅうしゃ》なんて、うそっぱちじゃない！　なんで帰《かえ》ってきてるのよ。もうあいつの、うっとうしい顔《かお》を見《み》なくてすむとおもったのに！」

それは千穂《ちほ》も同感《どうかん》だった。

なんでみんなは、あんな無神経《むしんけい》な人《ひと》をゆるして、正《ただ》しいことをしたサオリをせめるんだろう。

真希《まき》が、自分《じぶん》かってのむくいを受《う》けなかったことを思《おも》うと、むかむかと怒《いか》りがこみあげてくる。

「ほんとに、サオリの言《い》うとおりだよ。またこれからも、真希《まき》のえらそうなお説教《せっきょう》を聞《き》かされるかと思《おも》うと、もう、うんざり」

千穂《ちほ》が言《い》うと、意外《いがい》にも、サオリが彼女《かのじょ》を、キッとにらみつける。

「そんなこと言《い》って、千穂《ちほ》！　あんたもあんたよ！」

きゅうに、サオリのほこさきがこちらに向《む》いて、千穂《ちほ》は「えっ？」とたじろぐ。

「さっきはよくも、みんなといっしょに、わたしを悪者《わるもの》あつかいしてくれたわね！　昨日《きのう》はあんただって、わたしたちといっしょになって、真希《まき》をせめてたくせに！」

「そ、それは……」

まずい。さっきみんなにあわせて、サオリを悪《わる》く言《い》ったことを、彼女《かのじょ》は怒《おこ》っているみたいだ。

そのとき、またあの不気味《ぶきみ》なアナウンスがきこえてきた。

〈こちらは、人間回収車《にんげんかいしゅうしゃ》です。ご不要《ふよう》になった人間《にんげん》はいらっしゃいませんか……〉

地《ち》の底《そこ》から聞《き》こえてくるような、ひくい声《こえ》。闇《やみ》をぬりつけたように黒《くろ》い軽《けい》トラックが、こちらへ走《はし》ってくる。

サオリが、にやっとした。軽《けい》トラックにむかって、手《て》を上《あ》げてさけぶ。

「すみません！　この子《こ》、回収《かいしゅう》してもらえますか？」

「ええっ!?」

ゆびさされた千穂《ちほ》は、あまりのことに、ぼうぜんとしてしまう。

黒《くろ》い軽《けい》トラックがとまり、昨日《きのう》と同《おな》じ運転手《うんてんしゅ》がにこやかにおりてくる。

「ご不要《ふよう》でしたら、よろこんで！」

「ええ、つごうがわるくなると、うらぎるような人《ひと》なんて、友《とも》だちじゃないから。こんな人《ひと》、わたし、いりません」

サオリが言《い》いおえるより早《はや》く、運転手《うんてんしゅ》の手《て》が千穂《ちほ》のえり首《くび》にかかっていた。千穂《ちほ》はわけがわからずにいるうちに、魔法《まほう》のように、ひょいと持《も》ち上《あ》げられ、軽《けい》トラックの荷台《にだい》に、ほうりこまれる。

「ま……まって、サオリ！　あ、あのときはしかたなく、ああ言《い》っただけで、本気《ほんき》じゃなかったのよ！」

千穂《ちほ》はけんめいに言《い》いわけをするが、すでに車《くるま》は動《うご》きはじめていた。サオリや仲間《なかま》たちのすがたが、みるみる遠《とお》ざかってゆく。

――どうしよう。これからどこへ、つれてゆかれるの？

恐怖《きょうふ》にとらわれ、パニックになっていた千穂《ちほ》だったが、ふと気《き》づく。昨日回収《きのうかいしゅう》された叶《かのう》真希《まき》はもどされてきたのだ。だったら自分《じぶん》も同《おな》じように、もどれるにちがいない。

千穂《ちほ》はおそるおそる、運転席《うんてんせき》へむかって話《はな》しかける。

「あの……わたしも帰《かえ》してもらえるんですよね？　真希《まき》と同《おな》じように……」

「ええ、しんぱいすることはありませんよ」

運転手《うんてんしゅ》がにこやかにこたえる。

「さいしょに言《い》いましたが、私《わたし》は『不要《ふよう》な人間《にんげん》』を回収《かいしゅう》しているのです。昨日《きのう》、おあずかりした彼女《かのじょ》は、必要《ひつよう》とする人《ひと》がいただけのことです」

そう言《い》われて、千穂《ちほ》は思《おも》いあたる。亀山《かめやま》やほかの、いじめられていた子《こ》たち。あの子《こ》たちが必要《ひつよう》としていたから、真希《まき》は帰《かえ》ってこられたのだ。

運転手《うんてんしゅ》は肩《かた》ごしに千穂《ちほ》を見《み》やり、にぃっ……と、顔《かお》にはりついたような、ぶきみなえみをうかべる。

「あなたのことも、心《こころ》から必要《ひつよう》とする人間《にんげん》がひとりでもいれば、すぐにお帰《かえ》ししますよ」

「そ……そうなの。なら、だいじょうぶね」

千穂《ちほ》はほっとして、荷台《にだい》にすわりなおした。

――真希《まき》みたいな、きらわれ者《もの》だって、必要《ひつよう》としている人間《にんげん》がいるんだもの。わたしなら、ぜったいだいじょうぶ。

サオリはたしかに怒《おこ》らせてしまったけど、ほかのみんなは、わたしのことを必要《ひつよう》としてくれている。

それに妹《いもうと》がいる。妹《いもうと》にとってわたしは、たったひとり残《のこ》された肉親《にくしん》なのだ。

妹《いもうと》もみんなも、きっとわたしを必要《ひつよう》としてるはず…………よね？

だってこれまで、だれからもきらわれたりしないように、ずっと空気《くうき》をよんですごしてきたんだもの。言《い》いたいことも、ぐっとがまんして、ちやほやと、おばさんやみんなのきげんをとって、あんなに苦労《くろう》してきたんだもの。

だいじょうぶ。わたしはだいじょうぶ……。

そう思《おも》いながら、千穂《ちほ》の心《こころ》のかたすみに、もやもやとした不安《ふあん》がいすわっていた。それはさっき、いっしゅん見《み》えた運転手《うんてんしゅ》のえがおが、どこかこの世《よ》のものとは思《おも》えないような、おそろしいものだったからかもしれない。

荷台《にだい》のどこからか、きみょうに甘《あま》い香《かお》りがただよってくる。その香《かお》りをかいだら、なぜか急《きゅう》にねむくなってきた。

——だいじょうぶ、すぐ帰《かえ》れるわ……。

うすれてゆく意識《いしき》のなかで、涙《なみだ》をこぼしながら、自分《じぶん》をにらんだ妹《いもうと》の顔《かお》が、ちらりと目《め》のまえにうかぶ。

かすかな不安《ふあん》をおぼえながら、千穂《ちほ》はねむりについた。

＊　＊　＊

翌日《よくじつ》——

学校《がっこう》は、いつもどおりの風景《ふうけい》だ。

出席《しゅっせき》をとるとき、はじめてみんなは、千穂《ちほ》がいないことに気《き》づいた。

「鈴木《すずき》はどうした？　かぜか？」

先生《せんせい》が、ぞんざいに問《と》いかけたが、だれも顔《かお》を見《み》あわせるだけで、こたえない。

それっきり、だれも千穂《ちほ》のことを思《おも》いだしもしなかった。

千穂《ちほ》がいなくても、まったくだれもこまらず、なにもかわりはなかったのだ。

＊　＊　＊

どこかの町《まち》を、黒《くろ》い軽《けい》トラックが走《はし》ってゆく。

その運転席《うんてんせき》で、黒《くろ》ずくめの男《おとこ》が、にやぁっとわらった。

「自分《じぶん》の意見《いけん》もなく、あんまり空気《くうき》ばかりよんでいると、人《ひと》はほんとうに、空気《くうき》のようになってしまうんですねぇ……」

回《かい》収《しゅう》リスト 2

青《あお》山《やま》麗《れ》奈《な》

あなたは廃品回収車《はいひんかいしゅうしゃ》を見《み》たことがあるだろうか？

〈こちらは廃品回収車《はいひんかいしゅうしゃ》です。ご不要《ふよう》なものはありませんか？〉

――と、スピーカーで呼《よ》びかけながら、ゆっくりと走《はし》ってゆく軽《けい》トラックだ。

廃品回収車《はいひんかいしゅうしゃ》は、いらないものをひきとってくれる。こわれた洗濯機《せんたくき》、乗《の》らなくなったバイク、映《うつ》らなくなったテレビ、などなど――

だが、ものだけではない。

この世《よ》には、人間《にんげん》をひきとってくれる回収車《かいしゅうしゃ》もあるのだ。

いらなくなった人間《にんげん》を――。

それが、人間回収車《にんげんかいしゅうしゃ》だ。

ふつうの廃品回収車《はいひんかいしゅうしゃ》とちがって、まっ黒《くろ》な軽《けい》トラック、運転席《うんてんせき》には黒《くろ》ずくめの制服《せいふく》を着《き》た人《ひと》が乗《の》っていて、こう呼《よ》びかける。


〈こちらは、人間回収車《にんげんかいしゅうしゃ》です。

ご不要《ふよう》になった人間《にんげん》はいらっしゃいませんか。

こわれていても、かまいません。

どんな人間《にんげん》も回収《かいしゅう》いたします。

お気軽《きがる》に、お声《こえ》かけください――〉

もしも、あなたのまわりに、いらない人間《にんげん》がいるのなら……。

じゃまなだれか、大《だい》きらいなだれか、消《き》えてしまえばいいと思《おも》うだれかがいるのなら、黒《くろ》い軽《けい》トラックを呼《よ》びとめればいい。そして、そのだれかをゆびさして、「回収《かいしゅう》してください」と、たのんでみればいい。
人間回収車《にんげんかいしゅうしゃ》は、だれでも回収《かいしゅう》してくれる。
不要《ふよう》な人間《にんげん》なら、だれでも。

じつは、人間回収車《にんげんかいしゅうしゃ》は一台《いちだい》ではない。
この世界《せかい》には、何台《なんだい》もの人間回収車《にんげんかいしゅうしゃ》があって、いまも不要《ふよう》な人間《にんげん》を求《もと》めて走《はし》りまわっている。

たぶん、あなたの街《まち》にも――。

＊　＊　＊

黒《くろ》い軽《けい》トラックが街角《まちかど》にとまり、その前《まえ》でひとりの少女《しょうじょ》と、黒《くろ》い制服《せいふく》を着《き》た運転手《うんてんしゅ》が、なにやら言《い》いあらそっていた。

「だーかーら、俺《おれ》はあんたのお遊《あそ》びにつきあっていられるほど、ヒマじゃないんだ！」

黒《くろ》い制帽《せいぼう》の下《した》から、金色《きんいろ》の髪《かみ》をはみ出《だ》させた運転手《うんてんしゅ》が、いらいらとどなる。

「はぁ？　あんた、言《い》ったじゃない。不要《ふよう》な人間《にんげん》なら、どんな人間《にんげん》でも回収《かいしゅう》するって！　なのに、なんで早《はや》く回収《かいしゅう》しないのよ」

言《い》いかえしたのは、ぽっちゃりした女子高校生《じょしこうこうせい》だ。

茶色《ちゃいろ》くそめた髪《かみ》をきれいにセットして、ネイルや持《も》ちものもおしゃれにきめている。いまにもころころと転《ころ》がりだしそうな、まるっこい体《からだ》つきだが、よく見《み》ると、マシュマロみたいにふっくらした白《しろ》い頬《ほお》や、まつげが、くるんと巻《ま》いたつぶらな目《め》、あいきょうのある口《くち》もとが、なかなかかわいらしい。

ふたりが押《お》し問答《もんどう》をしているところへ、一台《いちだい》の車《くるま》が通《とお》りかかった。

それは光《ひかり》をすいこむようなまっ黒《くろ》のボディ——もう一台《いちだい》の人間回収車《にんげんかいしゅうしゃ》だった。

「なにをしているんですか？」

片目《かため》に黒髪《くろかみ》のかかった、もうひとりの運転手《うんてんしゅ》が、にこやかに声《こえ》をかける。

同僚《どうりょう》らしき、金髪《きんぱつ》の運転手《うんてんしゅ》が、うんざりした顔《かお》を向《む》ける。

「べつに、おまえには関係《かんけい》ない」

「この人《ひと》が、不要《ふよう》な人間《にんげん》を回収《かいしゅう》してくれないのよ」

同時《どうじ》に、ぽっちゃりした少女《しょうじょ》も、不満《ふまん》そうに言《い》った。金髪《きんぱつ》の運転手《うんてんしゅ》が、ムッとしたように言《い》いかえす。

「べつに回収《かいしゅう》しないとは言《い》ってないだろ。俺《おれ》たちは、不要《ふよう》な人間《にんげん》なら、だれでも回収《かいしゅう》するんだから」

「それなら、とっとと回収《かいしゅう》すればいいじゃない」

「どなたを？」

あとから来《き》た、黒髪《くろかみ》の運転手《うんてんしゅ》がたずねる。

それはそうだろう。路上《ろじょう》には、少女《しょうじょ》と運転手《うんてんしゅ》がいるだけで、どこにも回収《かいしゅう》する人間《にんげん》が見《み》あたらない。

すると少女《しょうじょ》が、むぞうさに言《い》った。

「あたしよ」

「ほう？　あなたを、回収《かいしゅう》しろとおっしゃるんですか？」

黒髪《くろかみ》の運転手《うんてんしゅ》は、ほんの少《すこ》しおどろいたような表情《ひょうじょう》で、同僚《どうりょう》のほうを見《み》やる。

金髪《きんぱつ》のほうが、いらいらと、どなった。

「そう言《い》って、あんた、これで何回目《なんかいめ》なんだ？　遊《あそ》びのつもりなら、もっと他人《たにん》にめいわくかけない遊《あそ》びをやればいいだろ！」

「ほう、常連客《じょうれんきゃく》――ということですか？」

黒髪《くろかみ》の同僚《どうりょう》がたずねると、金髪《きんぱつ》のほうは、にがりきった顔《かお》で同意《どうい》をもとめる。

「聞《き》いたことあるか、人間回収車《にんげんかいしゅうしゃ》の常連《じょうれん》なんて？」

「いいえ」

「だろ？　まったく、くだらない遊《あそ》びが、はやるもんだよな、ガキどものあいだでは！

こっちはたまったもんじゃない！」

「まったく、おもしろい」

「そうそう、まったくおもしろ……えっ⁉」

金髪《きんぱつ》の運転手《うんてんしゅ》がおどろいてふり返《かえ》ったときには、すでにもうひとりの運転手《うんてんしゅ》が、にこやかに少女《しょうじょ》に話《はな》しかけていた。

「それでは私《わたし》が回収《かいしゅう》させていただきましょう。それでよろしいですか？」

「べつに、誰《だれ》でもいいわよ。回収《かいしゅう》してくれるなら」

少女《しょうじょ》が自分《じぶん》から、荷台《にだい》にあがり、黒髪《くろかみ》の運転手《うんてんしゅ》が、さっさと車《くるま》に乗《の》りこむ。あわてて金《きん》髪《ぱつ》の運転手《うんてんしゅ》が声《こえ》をかける。

「おいっ、待《ま》てよ！　それは俺《おれ》の客《きゃく》……」

「あなたは回収《かいしゅう》したくないんでしょう？」

同僚《どうりょう》が車《くるま》のまどから、にこやかに言《い》い、

「バイバ〜イ」

と、少女《しょうじょ》が荷台《にだい》から手《て》を振《ふ》って、トラックは軽《かろ》やかに走《はし》り去《さ》った。

「だから、回収《かいしゅう》しないとは言《い》ってないだろ〰〰〰！」

とりのこされた金髪《きんぱつ》の運転手《うんてんしゅ》が、じだんだ踏《ふ》んでさけんだ。

＊　＊　＊

「なにか、言《い》ってるけど」

荷台《にだい》の少女《しょうじょ》が、気《き》のない調子《ちょうし》で言《い》うと、黒髪《くろかみ》の運転手《うんてんしゅ》はふり返《かえ》りもせずこたえた。

「さあ、聞《き》こえませんねぇ」

少女《しょうじょ》は思《おも》わず、くすっとわらう。わらうとさらに、あいきょうのある、したしみやすい顔《かお》になった。

運転手《うんてんしゅ》がたずねる。

「それで、あなたはどうして、回収《かいしゅう》されたいのですか？」

「だから、あたしが不要《ふよう》な人間《にんげん》だからよ」

少女《しょうじょ》は髪《かみ》をかきあげ、また、気《き》のない調子《ちょうし》にもどる。

「あたしの名前《なまえ》、しってる？　青山麗奈《あおやまれな》っていうの」

「いいえ。私《わたし》はこちらの事情《じじょう》にうといので」

「自分《じぶん》で言《い》うのもなんだけど、けっこう有名《ゆうめい》だったのよ。あたしのママは青山《あおやま》なおみ」

「そちらも有名《ゆうめい》なのですか？」

「まあね。いわゆるママドルってやつかな。若《わか》いころのママって、あんまりパッとしないアイドルだったらしいわ。そういうこと、わざわざ教《おし》えてくれる、親切《しんせつ》な人《ひと》っているのよね。注目《ちゅうもく》されるようになったのは、あたしが生《う》まれてからなんですって」

「なるほど」

麗奈《れな》は、にやっとわらう。

「こう見《み》えても、小《ちい》さいころのあたしって、すっごくかわいかったわけ。ママはそんなあたしをおしゃれにかざり立《た》てて、いつもつれて歩《ある》いたの。いっぱいテレビに出《で》たり、雑誌《ざっし》の取材《しゅざい》をうけたわ。みんなはママとあたしを、理想《りそう》の親子《おやこ》って言《い》ってた。日本《にっぽん》じゅうの親《おや》子《こ》が、あたしたちにあこがれたり、うらやんだりしたの。ママがデザインして、あたしが着《き》た服《ふく》なんて、飛《と》ぶように売《う》れたのよ」

「ほほう、有名人《ゆうめいじん》だったんですね」

「そう。でもね、子《こ》どもって育《そだ》つとかわいくなくなっちゃうのよね。ううん、大《おお》きくなってもかわいい子《こ》も、もちろんいっぱいいるわ。でも、あたしは残念《ざんねん》ながらそうは育《そだ》たなかったの。だからよ」

「なにがですか？」

「だから、あたしはもう不要《ふよう》なの。どうして回収《かいしゅう》されたいか、あなたが聞《き》いたんでしょ？」

まるでひとごとのように、無関心《むかんしん》なようすで、麗華《れいか》は話《はな》しつづける。

「あたし、ちょっと大《おお》きくなると、ティーンズむけの雑誌《ざっし》モデルになったの。でも、だんだん太《ふと》ってきちゃって……まわりはみんなかわいい子《こ》ばっかり。あたしなんて、親《おや》の七光《ななひか》りで仕事《しごと》もらえてるんだって、陰口《かげぐち》言《い》われて……なに、あの子《こ》、デブじゃん。ぜんぜんかわいくないのに、なんでモデルなんてやってるの？　――って」

麗奈《れな》は、大《おお》きくためいきをついた。

「でも、そう言《い》われてもしかたないわ。だってほんとにデブで、かわいくないんだもん。いちおう、努力《どりょく》はしたのよ。自分《じぶん》に似合《にあ》うように服《ふく》をリメイクしたり、髪型《かみがた》やネイルに気《き》をつかったり。ダイエットのためにってダンスもはじめたわ。でも、運動《うんどう》するとおなかがすいて、もっと食《た》べちゃうのよね。なにもかも意味《いみ》ないわ。デブがいくら努力《どりょく》したって、かわいくなんてなれないのよね」

「ですが、あなたがそれほど太《ふと》っているとは思《おも》えませんが」

運転手《うんてんしゅ》が反論《はんろん》したが、麗奈《れな》は首《くび》を横《よこ》にふる。

「モデルやってる子《こ》はみんな、細《ほそ》くてきれいなのよ。ママだってもう、あたしと歩《ある》こうとはしないわ。メリットがないもんね」

「メリット？」

「かわいい娘《むすめ》とすてきなママ。みんなにそう思《おも》わせることで、ママは注目《ちゅうもく》を集《あつ》めてたのよ。

いまのあたしは、ママのイメージダウンにしかならないもの」

あいかわらず、気《き》のない調子《ちょうし》で麗奈《れな》が言《い》うと、運転手《うんてんしゅ》が、ほんのすこし、むきになったようにたずねる。

「だから、不要《ふよう》な人間《にんげん》だと？　ですが、あなたはこれまで何度《なんど》も回収《かいしゅう》されて、戻《もど》ってきたんでしょう？」

——へんなの、この運転手《うんてんしゅ》さん、あたしに同情《どうじょう》してくれてるのかしら？

麗奈《れな》はくすっと笑《わら》った。

「そうね。まだママか、ほかの誰《だれ》かが、ちょっとは必要《ひつよう》と思《おも》ってくれてたのかも」

まえのときも、そのまえのときも、麗奈《れな》はもどってきた。

それはつまり、だれかが麗奈《れな》を必要《ひつよう》としていたからだ。

運転手《うんてんしゅ》が、そっとたずねた。

「それをためすために、あなたは自分《じぶん》から、回収車《かいしゅうしゃ》に乗《の》ったのですか？」

「…………」

麗奈《れな》はちょっと、黙《だま》った。

——もしかしたら、そうだったのかもしれない。

この世界《せかい》に、たったひとりでも、あたしを必要《ひつよう》としてくれる人《ひと》がいるのか……？

運転手《うんてんしゅ》が、かさねてたずねる。

「ですが、ほんとうに誰《だれ》からも必要《ひつよう》とされていなければ、あなたは帰《かえ》ってこられなくなるんですよ。そのことは知《し》っていますね？」

「……べつに、いいの」

荷台《にだい》のどこからか、あまいような、ふしぎなにおいがただよってきて、ねむくなる。催《さい》眠《みん》ガスかなにかだろうか。まえのときもそうだった。

麗奈《れな》はねむけをこらえながら、こたえた。

「誰《だれ》からも必要《ひつよう》とされてないなら、帰《かえ》ってこなくたってかまわないじゃない？　だって、誰《だれ》も悲《かな》しむ人《ひと》はいないんだもの」

「まるで、他人《たにん》のことのように言《い》うんですね」

そうかしら――と麗奈《れな》は思《おも》った。

――そういえば、あたしは、他人《たにん》の目《め》から見《み》た人生《じんせい》しか知《し》らないのかも……。

とてもねむい。まえは、いつのまにかねむってしまって、気《き》づいたときには自分《じぶん》の家《いえ》のまえに帰《かえ》っていた。

もしも帰《かえ》れないときは、このまま二度《にど》とめざめないのかもしれない。

――あたしが帰《かえ》ってこなかったら、ママは泣《な》くかしら……？

とろとろと考《かんが》えながら、麗奈《れな》はねむりにおちた。

＊　＊　＊

麗奈《れな》の最初《さいしょ》の記憶《きおく》は、つぎつぎとあらわれる衣裳《いしょう》に着替《きが》えさせられている自分《じぶん》。

かわいい、すてき、きれい。いろんな色《いろ》、いろんなデザインの服《ふく》。

色《いろ》の洪水《こうずい》と、せわしなく焚《た》かれるフラッシュの閃光《せんこう》。

たぶん、母親《ははおや》のブランドのカタログ写真《しゃしん》でも撮《と》っていたのだろう。

大人《おとな》たちは、とっかえひっかえ新《あたら》しい服《ふく》を麗奈《れな》に着《き》せては、かわいい、かわいいとくり返《かえ》した。

麗奈《れな》が、自分《じぶん》の着《き》せかえ人形《にんぎょう》にしていることと同《おな》じだ。

生《う》まれてからずっと、麗奈《れな》は母親《ははおや》のかわいいお人形《にんぎょう》だった。

母《はは》は麗奈《れな》をかわいがり、麗奈《れな》も母《はは》が大好《だいす》きだった。麗奈《れな》と母《はは》はいつもいっしょだった。

母《はは》は、子《こ》どもには不《ふ》つりあいな、高価《こうか》なお菓子《かし》やアクセサリーを、つぎからつぎへと麗《れ》奈《な》にあたえた。友《とも》だちはみんな麗奈《れな》をうらやんだ。

「麗奈《れな》ちゃんのママはきれいでいいな」

「麗奈《れな》ちゃんみたいな、服《ふく》がほしいな」

「このまえも、ママといっしょにテレビに出《で》てたよね」

そう言《い》われるたびに、麗奈《れな》は、ほこらしい気《き》もちになれた。

そう、あたしのママはきれい。いつもなかよくて、ほしいものはなんでも買《か》ってくれる。

こんなすてきなママは、ほかにはいない。

いつからだろう。『かわいい』と言《い》われなくなったのは。

いつも他人《たにん》の目《め》をとおして自分《じぶん》を見《み》ていたから、麗奈《れな》はすぐに変化《へんか》に気《き》づいた。

なんとなく、自分《じぶん》を見《み》るみんなの目《め》が、ひややかになったような気《き》がした。

母《はは》はいつも出《で》かけていて、帰《かえ》ってきても、麗奈《れな》にかまわなくなった。

そのころから、ついつい食《た》べすぎるようになってしまった。食《た》べているあいだは、なぜかいろいろな不安《ふあん》を忘《わす》れ、みちたりて幸《しあわ》せな気持《きも》ちになれる。

――だめ、だめ、太《ふと》ってしまったら、もっとみっともなくなる。みんなに『かわいい』って言《い》ってもらえなくなる――

自分《じぶん》でもわかっているのに、どうしても食《た》べるのをやめられない。

そうして麗奈《れな》はどんどん太《ふと》って、みっともなくなった。もうだれも、昔《むかし》みたいにちやほやしてくれない。

母《はは》もことあるごとに、せめたてる。

「あんたは父親《ちちおや》に、ますます似《に》てきたわ。あの人《ひと》も大食《おおぐ》らいで、どんどん太《ふと》っていった。それがいやで、わかれたのに」とか。

「そばによらないで。汗《あせ》くさい。うっとうしい」とか。

「母親《ははおや》の私《わたし》に恥《はじ》をかかせたいの。もう雑誌《ざっし》の仕事《しごと》はやめなさい」とか。

ほかのモデルの子《こ》たちは、わざと聞《き》こえるように、あてこすりを言《い》う。

「だれかさんは、いいわよねえ、ぶさいくでも、親《おや》の七光《ななひか》りで仕事《しごと》がもらえて」とか。

「どうして、早《はや》くやめないのかな。わたしだったら恥《は》ずかしくて、とっても雑誌《ざっし》とか出《で》られないよねぇ」とか。

それでも、モデルの仕事《しごと》はやめなかった。

さいしょは、なんとなくはじめた仕事《しごと》だったのに、まわりからどんなにひどいことを言《い》われて傷《きず》ついても、やめる気《き》にならなかった。

カメラマンのひとりが、言《い》ってくれたことがある。

「麗奈《れな》ちゃんは、表情《ひょうじょう》やしぐさがとても魅力的《みりょくてき》だ。キャラクター性《せい》があるよ」

もちろん、おせじで言《い》ったんだろう。それでも、仕事《しごと》があるうちはつづけよう、という気《き》になった。

でもたぶん、じきに依頼《いらい》もこなくなるだろう。

母親《ははおや》は何年《なんねん》もまえに離婚《りこん》して、それきり父親《ちちおや》とは会《あ》っていない。兄弟《きょうだい》もいない。

小《ちい》さいころから、仕事《しごと》ばかりしていたから、学校《がっこう》にも友《とも》だちなんかいない。

ふっと、自分《じぶん》なんて、だれからも必要《ひつよう》とされていないんじゃないかと思《おも》う。

そんなとき、人間回収車《にんげんかいしゅうしゃ》が目《め》のまえを通《とお》りかかったのだ。

＊　＊　＊

目《め》が覚《さ》めると、自分《じぶん》の家《いえ》のまえだった。

今度《こんど》も回収《かいしゅう》されなかったらしい。

見《み》あげると、都会《とかい》ではめずらしい、きれいな星空《ほしぞら》。ちかちかと輝《かがや》く星《ほし》を見《み》ながら、麗奈《れな》は、ほっとしたような、なんだか肩《かた》すかしをくらったような気分《きぶん》になる。

——帰《かえ》されたということは、まだあたしは必要《ひつよう》とされているということかしら。

麗奈《れな》は服《ふく》のほこりをはたき、家《いえ》へ入《はい》った。

冷蔵庫《れいぞうこ》をあけて、ミネラルウォーターをのむ。時計《とけい》を見《み》ると、ずいぶん遅《おそ》い時間《じかん》だ。

そのとき、奥《おく》から母《はは》が出《で》てきた。風呂上《ふろあ》がりなのだろう。ほんのり上気《じょうき》して、長《なが》いバスローブ姿《すがた》だ。

母《はは》は麗奈《れな》に目《め》をとめると、おざなりに声《こえ》をかける。

「あら、麗奈《れな》、いま帰《かえ》ったの？」

麗奈《れな》は一瞬《いっしゅん》、息《いき》をとめた。

——ママは、あたしが帰《かえ》っていないことにも気《き》づいてなかったんだ。

ふつうの親《おや》なら、『こんな時間《じかん》までどうしていたの』と問《と》いつめて、しかりつけるだろう。だが、母《はは》は気《き》にするようすもなく、キッチンカウンターの椅子《いす》に腰《こし》かけ、フェイスパックをはじめる。

「ちょうどいいわ、麗奈《れな》、話《はな》しておきたいことがあるの」

「なあに？」

「私《わたし》、再婚《さいこん》することにしたの」

「えっ？」

麗奈《れな》はおどろいて、母《はは》の顔《かお》を見《み》た。そんな話《はなし》ははじめて聞《き》いた。

たしかに母《はは》は、いつも誰《だれ》か男《おとこ》の人《ひと》とつきあっていて、麗奈《れな》もそのうちの何人《なんにん》かとは会《あ》ったことがある。

——でも、再婚《さいこん》なんて……娘《むすめ》のあたしに、なんの相談《そうだん》もなく？

とまどう麗奈《れな》をおきざりに、母《はは》は悪《わる》びれるようすもなく、話《はな》し続《つづ》けている。

「それでね、あなたもいきなり知《し》らないおじさんとくらすのなんて、いやでしょ？　ちょうどいいから、ひとりでくらしてみたら？　ここでもいいし、なんなら、どこか、よそにマンションでも借《か》りて」

まるで他人《たにん》のことみたいだ。

混乱《こんらん》していた麗奈《れな》の頭《あたま》が、すっと冷《ひ》えた。

まっ白《しろ》な仮面《かめん》をかぶったような母《はは》の顔《かお》を見《み》つめ、たずねる。

「ママは……あたしを捨《す》てるの？」

再婚《さいこん》するから。娘《むすめ》がじゃまだから。

母《はは》はせせら笑《わら》うように鼻《はな》をならした。

「いやあねぇ、ひとぎきの悪《わる》いこと、言《い》わないでちょうだい。そんなこと、マスコミにきかれたら、なんて言《い》われるか。私《わたし》は麗《れ》奈《な》のためを思《おも》って、言《い》ってるんじゃない。あなただってそろそろ、親《おや》ばなれしていいころでしょ」

「うそ！　ママはあたしのため、なんて考《かん》えたことない。ぜんぶ自分《じぶん》のためでしょ！」

母《はは》の手《て》が飛《と》んで、麗奈《れな》の頰《ほお》をたたいた。

「なんてこと言《い》うの！　恩《おん》しらず！　私《わたし》がひとりで、どれだけ苦労《くろう》してあなたを育《そだ》てたと思《おも》ってるの！　まるでお姫《ひめ》さまみたいに、ほしいものはなんでもあげて、だいじにだいじに育《そだ》てたのに！」

母《はは》は、フェイスパックをはぎとって投《な》げすて、けわしい顔《かお》で麗奈《れな》をにらみつける。

「それなのに、こんなにぶくぶく太《ふと》って！　あんたなんて、私《わたし》のかわいい麗奈《れな》じゃない！　こんなみっともない娘《むすめ》、つれて歩《ある》くことも、みんなにじまんすることもできないわ。あんたなんて、いなければいいのに！」

——あんたなんて、いなければいいのに。

頬《ほお》をたたかれた痛《いた》みより、その言葉《ことば》のほうが痛《いた》い。

麗奈《れな》は泣《な》きながら、家《いえ》を飛《と》び出《だ》す。

やっとわかった。

ママにとってあたしは、みんなに見《み》せびらかすためのアクセサリーでしかなかったんだ。

ただの着《き》せかえ人形《にんぎょう》。あきたらポイと捨《す》てて、なんとも思《おも》わない。

でもあたしは、人形《にんぎょう》じゃない！

あたしは、ママに愛《あい》してもらいたかった。

高価《こうか》なアクセサリーや、山《やま》ほどの洋服《ようふく》なんてほしくなかった。

ほんとうの意味《いみ》で、愛《あい》してもらいたかっただけなんだ。

だから、麗奈《れな》は食《た》べるのをやめられなかった。飢《う》えていたから、愛情《あいじょう》のかわりに、食《た》べものをのみこんだ。それで、みたされたような気分《きぶん》になれたから。

何度《なんど》も人間回収車《にんげんかいしゅうしゃ》に乗《の》ったのも、母親《ははおや》の愛情《あいじょう》をためしていたのだ。あの運転手《うんてんしゅ》が言《い》ったとおり。

愛《あい》されているか、必要《ひつよう》とされているか、不安《ふあん》で不安《ふあん》でたまらなかったから、そんな形《かたち》でためすことしか、できなかった。

ほかの人《ひと》なんてどうでもよかった。ただ、母《はは》がほんとうに自分《じぶん》を必要《ひつよう》としてくれているのか、知《し》りたかっただけだったのだ。

――でも、ママはもう、あたしなんていらない。

そう思《おも》ってから、ふっと、頭《あたま》に疑問《ぎもん》がうかんだ。

――それなら、どうしてあたしは、帰《かえ》ってこられたの？

外《そと》に出《で》て、麗奈《れな》は息《いき》をついた。ひんやりした夜風《よかぜ》が、涙《なみだ》でぬれた頬《ほお》を冷《ひ》やしてゆく。

ほんとうに、どうして自分《じぶん》は帰《かえ》ってこられたんだろう？

ママのほかに、家族《かぞく》なんていない。友《とも》だちもいない。どこにも、あたしを必要《ひつよう》としてる人《ひと》なんていないのに……？

それとも、あの運転手《うんてんしゅ》がまちがったの？

こんなつらい思《おも》いをするくらいなら、帰《かえ》してくれなくてもよかったのに……。

麗奈《れな》はまた涙《なみだ》を流《なが》した。

そのとき、道《みち》のむこうから、だれかが歩《ある》いてきた。泣《な》き顔《がお》を見《み》られたくなくて、麗奈《れな》はあわてて背中《せなか》をむける。

その背中《せなか》に、おずおずと声《こえ》がかけられた。

「あの……麗奈《れな》……ちゃん？」

麗奈《れな》はおどろいてふり返《かえ》る。近《ちか》づいてきて、声《こえ》をかけてきたのは、同《おな》じ年《とし》ごろの少女《しょうじょ》で、同《おな》じくらいのぽっちゃり体型《たいけい》だ。

「あ、ごめんなさい。おどろかせて。わたし、同《おな》じクラスの赤坂深月《あかさかみづき》です」

そう言《い》われてみると、学校《がっこう》で見《み》たことのある顔《かお》だった。でも、これまでほとんど話《はな》したこともない子《こ》だ。

深月《みづき》はかたくなったようすで、麗奈《れな》の顔《かお》も見《み》ず、胸《むね》に抱《かか》えていた包《つつ》みをさしだす。

「あのっ、麗奈《れな》ちゃん、今週《こんしゅう》あまり学校《がっこう》に来《こ》なかったでしょ。これ、プリントとか、課題《かだい》とか、預《あず》かってきました」

「こんな時間《じかん》に？」

不審《ふしん》に思《おも》ってきくと、深月《みづき》はうろたえたような早口《はやくち》でこたえる。

「えっと、わたしの家《いえ》、すぐそこのマンションなんです。それで、さっき部屋《へや》の窓《まど》から見《み》てたら、麗奈《れな》ちゃんが出《で》てきたからっ」

「そうなの。ありがとう」

麗奈《れな》は気《き》のない調子《ちょうし》で言《い》い、包《つつ》みをうけとった。正直《しょうじき》、いまの気分《きぶん》では、学校《がっこう》のことなんて考《かんが》えられない。

「あのっ……」

背《せ》をむけかけた麗奈《れな》に、深月《みづき》が思《おも》いきったように、また話《はな》しかける。

「ほ、ほんとうは、それ、口実《こうじつ》で……わたすとき、麗奈《れな》ちゃんと、ちょっとでもお話《はな》ししたかったんです」

「あたしと？」

麗奈《れな》はあらためて、深月《みづき》のほうにむきなおった。深月《みづき》は、こくんとうなずくと、うわずった声《こえ》で言《い》う。

「ええ。わたし……じつは、麗奈《れな》ちゃんの大《だい》ファンなんです！」

「は？」

意外《いがい》な言葉《ことば》に、麗奈《れな》はまじまじと相手《あいて》を見《み》つめた。深月《みづき》はまっかになってうつむく。

「ご、ごめんなさい！　いきなりこんなこと言《い》って、こまりますよね？　でもっ、どうしても伝《つた》えたくて……麗奈《れな》ちゃんの出《で》てる雑誌《ざっし》、ぜんぶ買《か》ってます！　ブログもインスタもかかさず見《み》てます！」

深月《みづき》は必死《ひっし》のおももちで、まくしたてる。

「麗奈《れな》ちゃんと同《おな》じクラスになって、わたしすごく幸《しあわ》せで、いつか話《はな》しかけよう、話《はな》しかけようって思《おも》ってたのに、勇気《ゆうき》がなくて……中学《ちゅうがく》のころからずっとファンだったのに……。あっ、だから、子《こ》どものころはあんまり知《し》らないんだけど……」

さいしょは、うっとうしいと思《おも》っていた麗奈《れな》も、彼女《かのじょ》の真剣《しんけん》なようすに、じょじょに引《ひ》きこまれる。

ファンだとか、好《す》きだとか、言《い》われたことがないわけじゃない。でも、たいていは、『子《こ》どものころ、あこがれていました』とか、『昔《むかし》ファンでした』と言《い》われる。

いまの自分《じぶん》を、こんなにも好《す》きと言《い》ってくれた人《ひと》なんて、これまでいなかった。

麗奈《れな》はとまどいながら、たずねる。

「でも、どうしてあたしを？　ほかにもっと、スタイルよくてかわいいモデルが、たくさんいるのに……？」

深月《みづき》が、きっぱりと頭《あたま》を振《ふ》る。

「そりゃ、そういう人《ひと》たちいるけど、わたしは麗奈《れな》ちゃんのほうが、ずっとずっとすてきだと思《おも》う。えっと……わたし、小《ちい》さいときから太《ふと》ってて、それでからかわれたり、いじわるされたりして、すごくコンプレックスだったの。太《ふと》ってる自分《じぶん》が、自分《じぶん》でも好《す》きじゃなかった……」

深月《みづき》はうつむきがちに言《い》ったあと、パッと麗奈《れな》を見《み》つめる。

「でも、麗奈《れな》ちゃんを見《み》て、自分《じぶん》がまちがってるって気《き》づいたの。太《ふと》っててもおしゃれできるし、かわいくなれるんだって。いつもキラキラしてる麗奈《れな》ちゃんを見《み》てると、わたしも、自信《じしん》もたなきゃ、がんばらなきゃ、って、前向《まえむ》きな気持《きも》ちになれるの。麗奈《れな》ちゃんはわたしの、あこがれの人《ひと》なんだよ」

麗奈《れな》を見《み》る深月《みづき》の目《め》は、星《ほし》を映《うつ》したようにキラキラしていた。

その目《め》をとおして、麗奈《れな》は自分《じぶん》の姿《すがた》を見《み》る。

そこには、いまのままの自分《じぶん》がいた。

昔《むかし》のかわいかった自分《じぶん》でもなく、やせていてきれいな、ほかのモデルでもない。それなのに、いきいきとして、輝《かがや》いている。

そして、麗奈《れな》は気《き》づいたのだ。

――あたしを必要《ひつよう》としてくれていたのは、この人《ひと》だ。

ううん、彼女《かのじょ》だけじゃない。同《おな》じように、コンプレックスをもった少女《しょうじょ》たちが、きっとあたしの姿《すがた》を見《み》て、はげまされたり、よろこんだりしてくれている。

あたしには、ママ以外《いがい》、だれもいないと思《おも》ってた。でも、そうじゃない。

麗奈《れな》の目《め》に、また涙《なみだ》がうかんだ。

それを見《み》た深月《みづき》があわてる。

「えっ……麗奈《れな》ちゃん、泣《な》いてるの？」

「うん……うれしくて」

麗奈《れな》は、ぎゅっと深月《みづき》の手《て》をにぎった。

「ありがとう、深月《みづき》ちゃん。あたしもがんばるね」

深月《みづき》の顔《かお》が、よろこびで紅潮《こうちょう》する。

その顔《かお》を見《み》ながら、麗奈《れな》はあらためて、思《おも》いをかみしめた。

——あたしの姿《すがた》を見《み》て、力《ちから》づけられている人《ひと》がいる。

それがたとえ、たったひとりでも、あたしはその人《ひと》のためにがんばれる。二度《にど》とけっして、人間回収車《にんげんかいしゅうしゃ》に乗《の》ったりしない。あたしは自分《じぶん》をたいせつにする。彼女《かのじょ》たちのためにも、自分《じぶん》のためにも。

ほほえんだ麗奈《れな》は、もう誰《だれ》かのアクセサリーでも、人形《にんぎょう》でもない。自分《じぶん》の足《あし》でしっかりと立《た》った、ひとりの人間《にんげん》だった。

＊　＊　＊

家《いえ》の中《なか》では、麗奈《れな》の母親《ははおや》がほほえんで、ひとり、つぶやく。

「いいのよ。いいの……麗奈《れな》なんて、いなくてもだいじょうぶ……」

その手《て》がそっと、お腹《なか》をなでる。

「きっとまた、かわいい子《こ》がうまれるわ……」

＊　＊　＊

星空《ほしぞら》の下《した》、街《まち》のどこかを、黒《くろ》い軽《けい》トラックが走《はし》る。

誰《だれ》にともなく、運転手《うんてんしゅ》がつぶやいた。

「世《よ》の中《なか》には、ざんねんながら、親《おや》になる資格《しかく》のないような人間《にんげん》もいるんですねぇ……」

回《かい》収《しゅう》リスト3

山《やま》本《もと》勇《ゆう》真《ま》

「よーし！　みんな、集合《しゅうごう》ー！」

勇真《ゆうま》が声《こえ》をかけると、ウォーミングアップをしていた部員《ぶいん》たちが、いっせいにかけよってきた。

走《はし》るときはいつも全速力《ぜんそくりょく》。びしっと一分《いちぶ》の乱《みだ》れもなく、横一列《よこいちれつ》にならんだ部員《ぶいん》たちは、声《こえ》をはりあげてあいさつする。

「よろしくおねがいします！」

いいチームだ。

勇真《ゆうま》は、ほれぼれと彼《かれ》らを見《み》まわした。

山本勇真《やまもとゆうま》は高校三年生《こうこうさんねんせい》。このサッカー部《ぶ》のキャプテンだ。

ほかの三年生《さんねんせい》は、インターハイが終《お》わったときに、みんな受験勉強《じゅけんべんきょう》のために、やめてしまった。

もともと、勇真《ゆうま》の高校《こうこう》は、それほどサッカーが強《つよ》い学校《がっこう》というわけでもない。だから、インターハイを最後《さいご》に部活《ぶかつ》をやめて、受験《じゅけん》にそなえるのが通例《つうれい》となっていた。

それなのに、勇真《ゆうま》だけが部活《ぶかつ》をやめなかったのには、理由《りゆう》がある。

今年《ことし》になってサッカー部《ぶ》の顧問《こもん》がかわり、まったくサッカー経験《けいけん》のない、新人教師《しんじんきょうし》になってしまったこと。

それなのに、どういうわけか、勇真《ゆうま》たちのチームはインターハイで、順調《じゅんちょう》に勝《か》ち進《すす》み、地区予選《ちくよせん》の決勝《けっしょう》までいった。こんなことは過去《かこ》になかった。

おしくも決勝《けっしょう》で負《ま》けてしまい、夏《なつ》の国体《こくたい》には出《で》られなかったのだが、勇真《ゆうま》は手《て》ごたえを感《かん》じていた。

毎年《まいとし》、冬《ふゆ》には全国高校《ぜんこくこうこう》サッカー選手権《せんしゅけん》がおこなわれる。こんどの地区予選《ちくよせん》を勝《か》ち残《のこ》ることができれば、全国大会《ぜんこくたいかい》に出《で》られる。

そうなれば、全国《ぜんこく》ネットでテレビでも中継《ちゅうけい》される。サッカーをやっている高校生《こうこうせい》には、あこがれの舞台《ぶたい》だ。

いまサッカー部《ぶ》をやめたら、その舞台《ぶたい》には立《た》つことができない。それに、三年生《さんねんせい》が全員《ぜんいん》やめてしまったら、サッカーを知《し》らない新任教師《しんにんきょうし》が、はたして後輩《こうはい》たちを、ちゃんと指導《しどう》できるだろうか？

たぶん、新任教師《しんにんきょうし》と後輩《こうはい》たちだけでは、勝《か》てないだろう。

そして勇真《ゆうま》は、チームでいちばん得点数《とくてんすう》が多《おお》い、フォワードのエースだった。自分《じぶん》が抜《ぬ》けるのは、チームにとってかなりの損失《そんしつ》になる。

せっかく、インターハイでは、あと少《すこ》しというところまでいけたというのに。

勇真《ゆうま》は、あのときの興奮《こうふん》をわすれられなかった。

――また勝《か》った。まだいける。まだまだ勝《か》てる。もっともっと先《さき》まで、おれたちはいける……！

これまでの人生《じんせい》で、あんなにワクワクしたことなんてなかった。

もういちど、こんどは全国大会《ぜんこくたいかい》で、あの興奮《こうふん》をあじわいたい。

だが、自分《じぶん》だけのためではない。なによりもチームのためだ。チームを勝《か》たせるために、勇真《ゆうま》は三年生《さんねんせい》のなかで、ただひとり部活《ぶかつ》をつづけることにしたのだ。

勇真《ゆうま》は、集《あつ》まった後輩《こうはい》たちにむかって、口《くち》をひらく。

「さて、みんなに聞《き》きたい。昨日《きのう》の練習試合《れんしゅうじあい》は、二対一《にたいいち》で勝利《しょうり》した。まずまずのできだ。だが、どう思《おも》う？　みんな、反省《はんせい》するところはないか？」

キャプテンになってから、勇真《ゆうま》はチームみんなの意見《いけん》を聞《き》くことにしていた。先生《せんせい》があてにならないのだから、自分《じぶん》たちでチームをよくしてゆくしかない。そのためには、全員《ぜんいん》で話《はな》しあい、意志《いし》をひとつにして戦《たたか》うことがたいせつだ。

勇真《ゆうま》の問《と》いかけに、みんなはしばらく、考《かんが》えこむようにだまった。

副《ふく》キャプテンの片瀬《かたせ》が、しかるように口《くち》をはさむ。

「おい、なにかあるだろう。気《き》づいたことが。はやく言《い》えよ」

「それともみんな、おれたちのパフォーマンスは完璧《かんぺき》で、反省《はんせい》するところなんてないって思《おも》ってるのか？　え？　すげえな」

勇真《ゆうま》がわざと軽口《かるくち》をたたくと、みんな、ちょっと不安《ふあん》そうなえみをうかべ、首《くび》をよこにふった。

「ええと……」

ひとりが手《て》をあげて、おずおずと言《い》う。

「後半《こうはん》の失点《しってん》が、もったいなかったと思《おも》います。守備《しゅび》にもっと気《き》をくばれば、なくせた失《しっ》点《てん》だと思《おも》います」

「うん、ほかには？」

副《ふく》キャプテンの片瀬《かたせ》が、考《かんが》えながら言《い》う。

「攻撃《こうげき》が、すこし単調《たんちょう》だったかもしれないと……」

勇真《ゆうま》は大《おお》きくうなずいた。

「そうだな、おれもそう思《おも》う。もっと攻撃《こうげき》に厚《あつ》みをもたせたい。サイドバックはチャンスがあれば、もっと積極的《せっきょくてき》に上《あ》がって攻撃《こうげき》に参加《さんか》する」

「はいっ！」

「前《まえ》へむかう意識《いしき》がたいせつだ。全員《ぜんいん》で点《てん》をとりにいくつもりでやろう！」

「はいっ！」

きびきびとしたへんじを聞《き》いていると、勇真《ゆうま》は気分《きぶん》が高《たか》まるのを感《かん》じた。

「みんなも知《し》ってるとおり、来週《らいしゅう》から地区予選《ちくよせん》がはじまる。なんとしても、決勝《けっしょう》まで勝《か》ちすすみ、次《つぎ》こそ全国大会《ぜんこくたいかい》へ行《い》くぞ！」

「おお！」

全員《ぜんいん》がいせいよくさけんだ。勇真《ゆうま》は胸《むね》があつくなる。

いいチームだ。このチームのために、おれはがんばろう。

全員《ぜんいん》で、かならず、次《つぎ》のステージへ上《あ》がるのだ。

勇真《ゆうま》が指示《しじ》し、みんなで、ルーティンになっている基礎練習《きそれんしゅう》をやっていると、それが終《お》わるころになって、ようやく顧問《こもん》の教師《きょうし》が顔《かお》を見《み》せた。

練習《れんしゅう》がひとだんらくしたところで、勇真《ゆうま》は教師《きょうし》にたずねた。

「先生《せんせい》、なにかありますか？」

新任《しんにん》の若《わか》い教師《きょうし》は、色白《いろじろ》のひょろっとした男《おとこ》で、見《み》るからにたよりなさそうだ。

教師《きょうし》は、勇真《ゆうま》の問《と》いにこたえて、えんりょがちに口《くち》をひらく。

「うーん、昨日《きのう》の練習試合《れんしゅうじあい》を見《み》ていて、ちょっと思《おも》ったんだが……。守備《しゅび》にもう少《すこ》し、気《き》をくばったほうがいいんじゃないかな？　最終《さいしゅう》ラインまで攻《せ》めこまれることが多《おお》かった。もっと、守備《しゅび》への切《き》りかえをはやくして、前線《ぜんせん》で相手《あいて》の攻撃《こうげき》をつぶしておかないと……なにしろセンターバックはふたりとも、経験《けいけん》があさいわけだし、全員《ぜんいん》で守備《しゅび》の意識《いしき》をもったほうがいいと思《おも》うんだが……」

勇真《ゆうま》は、ちょっとむっとした。

たしかに、守備《しゅび》のかなめのセンターバックは、三年生《さんねんせい》がやめて、ふたりとも二年生《にねんせい》にかわっている。

センターバックは、味方《みかた》のゴール前《まえ》を守《まも》る、だいじな最終《さいしゅう》ラインだ。二年生《にねんせい》だけになったそこに、不安《ふあん》があるといわれると、否定《ひてい》はできない。

だが、サッカーの経験《けいけん》もない、こんなたよりない教師《きょうし》に、なにがわかるというのだろう。練習《れんしゅう》にもおくれてくるような、不《ふ》まじめなやつに、えらそうに言《い》われたくない。

そんな反感《はんかん》から、勇真《ゆうま》は言《い》いかえす。

「もちろん、そんなことはわかってます。守備《しゅび》もだいじだけど、おれたちは、攻撃《こうげき》のほうに、もっと厚《あつ》みをもたせたいと考《かんが》えてます」

「うーん、ほかのものは、どう思《おも》う？」

「すでに、おれたち全員《ぜんいん》で話《はな》しあった結果《けっか》です」

勇真《ゆうま》は胸《むね》をはって答《こた》えた。教師《きょうし》は、うたがわしげに首《くび》をかしげる。

「そうなのかい？」

「ええ。これがチームの意志《いし》です。そうだな、みんな？」

「はい、そうです」

後輩《こうはい》たちが、いきおいよくこたえ、勇真《ゆうま》は、ざまあみろという気分《きぶん》になった。

「そうか……それなら、いいんだが……」

なおも、にえきらない表情《ひょうじょう》の教師《きょうし》を無視《むし》して、勇真《ゆうま》はみんなにむきなおった。

「じゃ、二《に》チームにわかれて、試合形式《しあいけいしき》の紅白戦《こうはくせん》をやるぞ。みんな、本気《ほんき》でやれよ」

まったく、どちらが監督《かんとく》だか、わかったものじゃない。

勇真《ゆうま》は自分《じぶん》でも思《おも》う。

勇真《ゆうま》の指示《しじ》で、部員《ぶいん》たちは二《に》チームにわかれ、ミニゲームをはじめた。より実戦《じっせん》に近《ちか》い、試合形式《しあいけいしき》の練習《れんしゅう》だ。

するとまもなく、敵方《てきがた》の選手《せんしゅ》が、こちらの守備《しゅび》のラインをとびだし、いきおいよくゴールをきめた。

ちょうどまさに、さっき、教師《きょうし》が指摘《してき》したとおりの展開《てんかい》になってしまった。

「おい、三田《みた》！　なにやってんだ！」

勇真《ゆうま》はいらいらして、センターバックの後輩《こうはい》をどなりつける。

「最終《さいしゅう》ラインのおまえが止《と》めないで、だれが止《と》める？　たおしてでも止《と》めろ！」

「すっ、すみませんっ！」

三田《みた》が、びくっと、ちぢみ上《あ》がる。

「いいか、ぜったいに抜《ぬ》かせないって、強《つよ》い意志《いし》をもてよ！　おまえらのプレーに、チームの勝敗《しょうはい》がかかってんだからな！　わかってんのか!?」

「はいっ！」

「わかったらいい。たよりにしてるぜ」

勇真《ゆうま》は、ポンと三田《みた》の肩《かた》をたたいて、前線《ぜんせん》にもどった。


ときには、きびしいところも見《み》せなければならない。

自分以外《じぶんいがい》、後輩《こうはい》たちをしかってやれる人間《にんげん》はいないのだから。

練習《れんしゅう》がおわったとき、教師《きょうし》がまた言《い》いだした。

「昨日《きのう》、今日《きょう》と見《み》てきて、長谷川《はせがわ》が調子《ちょうし》よさそうだ。どうだろう？　長谷川《はせがわ》をワントップにして、山本《やまもと》をトップ下《した》にさげるというのは？」

勇真《ゆうま》はまた、かちんときた。

これまでずっと、最前線《さいぜんせん》のトップは、勇真《ゆうま》のポジションだった。

たしかに、一年生《いちねんせい》の長谷川《はせがわ》は、昨日《きのう》の練習試合《れんしゅうじあい》でも一点《いってん》とっていた。今回《こんかい》の紅白戦《こうはくせん》では敵側《てきがわ》のチームにいて、あの痛恨《つうこん》の一点《いってん》を入《い》れている。

勇真《ゆうま》も、長谷川《はせがわ》の実力《じつりょく》はみとめている。だが、一年生《いちねんせい》に、自分《じぶん》のポジションをとられるなんて、とても納得《なっとく》できない。

すると、すかさず副《ふく》キャプテンの片瀬《かたせ》が、反論《はんろん》する。

「いえっ、長谷川《はせがわ》はまだ一年《いちねん》で、経験《けいけん》がありません。ここは経験《けいけん》のある山本《やまもと》さんに、いままでどおり、チームをひっぱってもらったほうがいいと思《おも》います！」

当《とう》の長谷川《はせがわ》も、おずおずとそれにさんせいする。

「おれも……トップはやっぱり山本《やまもと》さんのほうがいいと思《おも》います。そこまでの責任《せきにん》……おれには、重《おも》すぎます」

勇真《ゆうま》はほっとして、ざまあ見《み》ろというように、教師《きょうし》のほうを見《み》やった。教師《きょうし》は顔《かお》をしかめてたずねる。

「ほんとうに、それでいいのか？」

「はい！　山本《やまもと》さんがいいです！」

「これがチームの意志《いし》です！」

口々《くちぐち》にさんせいする後輩《こうはい》たちを、勇真《ゆうま》は胸《むね》があつくなる思《おも》いで見《み》わたした。

すばらしいチームだ。

こんなにも、後輩《こうはい》にしたわれ、たよられているおれは、なんて幸《しあわ》せものなんだろう。

あらためて勇真《ゆうま》は、けなげな彼《かれ》らのために、全身全霊《ぜんしんぜんれい》をこめてプレーしようと、心《こころ》にちかった。

教師《きょうし》は、どことなく不満《ふまん》そうだった。帰《かえ》ろうとする勇真《ゆうま》をよびとめ、彼《かれ》はひくく、ささやきかける。

「山本《やまもと》、こういうことは、よくない」

「は？　なにがですか？」

勇真《ゆうま》は、けいべつをかくさずに、ひややかに言《い》った。

「おれは、なにも言《い》ってません。チームのみんなが、自分《じぶん》たちの意志《いし》で、きめたことです。それのどこが、よくないんですか？」

教師《きょうし》は、しばらく、じっと勇真《ゆうま》の顔《かお》を見《み》つめたが、やがて、首《くび》をふりながら、行《い》ってしまった。

——あいつは、自分《じぶん》よりおれのほうが、みんなの人望《じんぼう》をあつめているから、しっとしているんだな。

勇真《ゆうま》は、にがにがしく思《おも》った。

なさけないやつ。あんなやつが顧問《こもん》だなんて、ほんとうに最悪《さいあく》だ。

帰《かえ》り道《みち》、勇真《ゆうま》は副《ふく》キャプテンに言《い》った。

「片瀬《かたせ》、ありがとうな、おまえが言《い》ってくれたこと、うれしかったぞ」

「いえっ、山本《やまもと》さんがチームをひっぱってくれてるのは本当《ほんとう》なんで！」

「先生《せんせい》は、こんな時期《じき》に、なにをいろいろ言《い》いだすんだろうな」

片瀬《かたせ》は、バカにしたようにこたえる。

「山本《やまもと》さんのほうが、よっぽど監督《かんとく》らしいから、やっかんでるんですよ。だから、あんないやがらせを言《い》うんです。気《き》にすることありませんよ」

後輩《こうはい》の考《かんが》えが、自分《じぶん》といっしょだったので、勇真《ゆうま》は安心《あんしん》する。

「そうかもな。いまは、いちばんだいじな時期《じき》だ。こんなことで雰囲気《ふんいき》こわさずに、士気《しき》上《あ》げていこうな」

「はいっ！　山本《やまもと》さんにとっては、高校最後《こうこうさいご》の花道《はなみち》ですからね。いつもみんな、おれたちで山本《やまもと》さんを、ぜったい全国《ぜんこく》につれていこうって話《はな》してるんですよ！」

勇真《ゆうま》は感動《かんどう》して、片瀬《かたせ》を見《み》つめた。

かわいいことを言《い》ってくれる。こいつらは、なんていい後輩《こうはい》なんだろう。

こいつらのためにも、かならず試合《しあい》に勝《か》たなければ。


そして、地区予選《ちくよせん》の、さいしょの試合《しあい》の日《ひ》がやってきた。

勇真《ゆうま》たちは、やる気《き》まんまんだった。かならずこの試合《しあい》に勝《か》ち、次《つぎ》も、その次《つぎ》も、勝《か》ちつづけるつもりだった。すでに、そうきまっているような気《き》さえしていた。

勝《か》って、勝《か》って、決勝《けっしょう》にすすみ、こんどこそはその試合《しあい》にも勝《か》って、全国大会《ぜんこくたいかい》へ進出《しんしゅつ》するのだと。

インターハイのときの興奮《こうふん》を、またあじわうことが、できるにちがいないと。

だが、試合《しあい》がはじまってしばらくすると、どうも思《おも》ったようにはいかないと気《き》づきはじめた。

敵《てき》チームはこちらの研究《けんきゅう》を、しっかりしてきたらしい。

敵《てき》の守備《しゅび》がこちらのパスコースをふさぎ、ボールをうまく回《まわ》すことができない。

なんとか前線《ぜんせん》までボールがきても、敵《てき》のブロックがかたくて、勇真《ゆうま》のところまで、パスが通《とお》らない。

予想《よそう》もしていなかった試合展開《しあいてんかい》に、勇真《ゆうま》たちはストレスを感《かん》じ、じょじょにあせりはじめた。

そのまま、前半《ぜんはん》がおわり、どちらも無得点《むとくてん》のまま、十五分《じゅうごふん》のハーフタイムになる。

勇真《ゆうま》は、いらだちもあらわに、部員《ぶいん》たちをなじった。

「なにをやってるんだ！　前線《ぜんせん》にボールを出《だ》せよ！　こっちにボールがこなきゃ、点《てん》のとりようがないだろ⁉」

部員《ぶいん》たちは、うつむいておしだまる。

副《ふく》キャプテンの片瀬《かたせ》が、彼《かれ》らをはげました。

「声《こえ》を出《だ》していこう！　サイドバック、もっと積極的《せっきょくてき》に前《まえ》へ上《あ》がれ。山本《やまもと》さんが、このあいだ言《い》ってただろ？」

勇真《ゆうま》は、その言葉《ことば》にすくわれたような気《き》になる。片瀬《かたせ》の言《い》うことは、いつも的確《てきかく》だ。

「そのとおりだ。攻《せ》めが単調《たんちょう》にならないように、いろいろためしていこう。あせることないぞ。後半四十五分《こうはんよんじゅうごふん》、まだたっぷり時間《じかん》はあるんだ！」

その言葉《ことば》に、部員《ぶいん》たちは「おお！」と声《こえ》を上《あ》げた。

勇真《ゆうま》は、自分《じぶん》にも言《い》い聞《き》かせる。

だいじょうぶ。勝負《しょうぶ》はこれからだ。

こんなところで、もたもたしているわけにはいかない。おれたちの目標《もくひょう》は、全国大会《ぜんこくたいかい》じゃないか。

彼《かれ》らは、意気《いき》を上《あ》げて、ピッチにもどった。

後半戦《こうはんせん》がはじまる。

さいしょのうちは、好転《こうてん》しているように思《おも》えた。

サイドバックが積極的《せっきょくてき》に、前線《ぜんせん》までかけあがり、やっと勇真《ゆうま》のところへも、ボールがまわってくる。だが、思《おも》いきりふりぬいたシュートは、ざんねんながら、ゴールのわずか上《うえ》にそれた。

「ナイスです、山本《やまもと》さん！　次《つぎ》こそ！」

片瀬《かたせ》が声《こえ》をはりあげる。

「よーし、この調子《ちょうし》でいくぞ！」

勇真《ゆうま》もみんなに声《こえ》をかける。

チームみんなが、攻撃《こうげき》に集中《しゅうちゅう》していた、そのとき——

ちょっとしたミスで、パスがとちゅうでカットされた。そのまま敵《てき》チームが、ボールを大《おお》きく前線《ぜんせん》へけりこむ。と、敵《てき》の選手《せんしゅ》が、こちらの守備《しゅび》を抜《ぬ》きさって、ゴールへとつっこもうとする。たまらず、守備《しゅび》の三田《みた》が、敵《てき》の選手《せんしゅ》をうしろからたおした。

ピ————————ッ！

するどい笛《ふえ》の音《ね》がひびきわたった。

審判《しんぱん》が、反則《はんそく》をしめすイエローカードをかかげるのを、勇真《ゆうま》はぼうぜんと見《み》ていた。

――そんな……バカな……。

敵《てき》チームにペナルティキックがあたえられた。こちらが危険《きけん》なプレーをしたから、その罰《ばつ》として、相手《あいて》に有利《ゆうり》な条件《じょうけん》で、シュートのチャンスがあたえられるのだ。

敵《てき》の選手《せんしゅ》が、キーパーをかわし、ゆうゆうとゴール内《ない》にボールをけりこむ。

ゆれるゴールネットと、そのまえでガッツポーズをし、歓喜《かんき》に抱《だ》きあう選手《せんしゅ》たち。

それは、勇真《ゆうま》の思《おも》いえがいていた、自分《じぶん》たちの勝利《しょうり》の場面《ばめん》だったはずなのに……。


けっきょく、その一点《いってん》が決勝点《けっしょうてん》となった。

その後《ご》も、味方《みかた》は得点《とくてん》することができず、0対《たい》1で、勇真《ゆうま》たちは負《ま》けた。

試合終了《しあいしゅうりょう》のホイッスルが鳴《な》っても、勇真《ゆうま》はまだ、ぼうぜんとしていた。

――負《ま》けた……？

勝《か》って、勝《か》って、次《つぎ》こそは全国《ぜんこく》へ行《い》くはずだった、おれたちが……？

たったの一試合《いっしあい》、初戦《しょせん》でやぶれて、これでおわりだなんて……そんなバカなことがあるだろうか？

試合終了後《しあいしゅうりょうご》、顧問《こもん》の教師《きょうし》が、みんなをまえに、つらそうに言《い》った。

「この敗戦《はいせん》は、きみたちの、ほんとうの実力《じつりょく》ではない。ぼくに、きみたちを指導《しどう》する力《ちから》がなかったからだ。すまない」

教師《きょうし》は、みんなのまえで、ふかぶかと頭《あたま》をさげた。それを見《み》て、後輩《こうはい》たちが泣《な》きだした。

教師《きょうし》はとくべつに、勇真《ゆうま》を見《み》つめて言《い》う。

「長《なが》いあいだ、ごくろうだった、山本《やまもと》。きみが、強《つよ》いリーダーシップで、チームをひっぱってくれた。きみから学《まな》んだことを、みんなわすれずに、これから生《い》かしていくだろう。これまで、ほんとうにありがとう」

こいつは、なにを言《い》っているんだろう——と、勇真《ゆうま》は思《おも》った。

心《こころ》の底《そこ》では、おれのことなんて、じゃまものだと思《おも》っていたくせに。

心《こころ》にもない、しらじらしい言葉《ことば》で、礼《れい》を言《い》うなんて、バカにしてるのか？

腹《はら》のなかで、めらめらと炎《ほのお》がもえるように、怒《いか》りがわきあがってきた。

後輩《こうはい》たちが、泣《な》きながら、勇真《ゆうま》にむかって頭《あたま》をさげる。

「ありがとうございました、山本《やまもと》さん！」

こいつらも、こいつらだ。

勇真《ゆうま》の怒《いか》りは、彼《かれ》らにもむけられた。

そろいもそろって、泣《な》きべそをかきやがって。おまえらみたいに、なさけないやつらばかりだから、勝《か》てなかったんだ。

そうだ、負《ま》けたのは、こいつらのせいだ。

おれが、受験勉強《じゅけんべんきょう》もけって、必死《ひっし》にこいつらを強《つよ》くしようと、がんばってきたのに。すべてむだにしやがった。

勝《か》つために。勝《か》って全国大会《ぜんこくたいかい》に出《で》るために。あの興奮《こうふん》を、もういちどあじわうために、これまでやってきたというのに……！

勇真《ゆうま》はいつまでも、あっけなく消《き》えた夢《ゆめ》を、わすれることができなかった。

帰《かえ》り道《みち》も、勇真《ゆうま》は怒《いか》りにもえて、むっつりとおしだまったままだった。

副《ふく》キャプテンの片瀬《かたせ》が、守備《しゅび》の三田《みた》をなじりはじめたのは、そんなときだ。

「おまえのせいだ。おまえがあんなとこで、あいつをたおしたから負《ま》けたんじゃないか」

三田《みた》は、びくっとした。

勇真《ゆうま》も、片瀬《かたせ》とまったく同《おな》じことを考《かんが》えていた。

三田《みた》が相手《あいて》に献上《けんじょう》したペナルティキック。あの一点《いってん》さえなければ、試合《しあい》はまったくちがうものになっていたはずなのだ。

三田《みた》は、ふるえる声《こえ》で反論《はんろん》した。

「だ、だって、あのとき裏《うら》に抜《ぬ》けられたら、確実《かくじつ》に点《てん》をとられてただろ。だから、むちゅうで止《と》めようとしたんだよ……」

「だからって、ペナルティエリア内《ない》で、あんなみえみえのファウルをやるなんて、おまえ、バカじゃないのか？」

「たおしてでも止《と》めろって言《い》ったのは、だれだよ！　サイドバックも上《あ》がってて、守備《しゅび》がうすかった。そこを突《つ》かれたんだよ。ほかにどうやって止《と》められたっていうんだ!?」

三田《みた》が、泣《な》きながらどなり返《かえ》した。すると、ほかの部員《ぶいん》たちも、まるでせきを切《き》ったように、反論《はんろん》にくわわる。

「そうだよ。三田《みた》だけがわるいわけじゃないだろ！」

「いまになって、ひとりに責任《せきにん》をおしつけるなんて、おまえ、最低《さいてい》だな！」

「こっちも得点《とくてん》してりゃ、よかったんじゃないか。一点《いってん》もとれなかったのは、いったいだれのせいだ!?　守備《しゅび》ばかり責《せ》めるのはおかしいだろ。そもそも、あんなに前《まえ》がかりになってたら、守備《しゅび》のバランスがくずれるの、あたりまえじゃないか！」

「でも……」

みんなにつめよられて、たじたじとなりながら、片瀬《かたせ》が言《い》い返《かえ》そうとしたとき、奇妙《きみょう》な声《こえ》が聞《き》こえてきた。

〈こちらは、人間回収車《にんげんかいしゅうしゃ》です。

ご不要《ふよう》になった人間《にんげん》はいらっしゃいませんか。

こわれていても、かまいません。

どんな人間《にんげん》も回収《かいしゅう》いたします。

お気軽《きがる》に、お声《こえ》かけくださいーー〉

人間回収車《にんげんかいしゅうしゃ》だって⁉

勇真《ゆうま》たちは、あまりに不気味《ぶきみ》なアナウンスに、びっくりしてそちらに目《め》をやった。

夕《ゆう》ぐれの道《みち》を、こちらへ近《ちか》づいてくる、軽《けい》トラックが一台《いちだい》ある。その色《いろ》は、まるで闇《やみ》へすいこまれそうな、黒《くろ》だ。

殺気《さっき》だっていた部員《ぶいん》のひとりが、声《こえ》を上《あ》げる。

「こいつを回収《かいしゅう》してもらおうぜ。片瀬《かたせ》を！」

「そうだ！　こんなやつ、おれたちのチームに必要《ひつよう》ない！」

みんなに憎悪《ぞうお》の目《め》で見《み》つめられ、片瀬《かたせ》はたじろいだ。

「ま、まってくれよ、おれたち、仲間《なかま》だろ？」

「仲間《なかま》なもんか！　いつだって、先輩《せんぱい》にしっぽふって、えらそうに、おれたちに指図《さしず》しやがって！」

「もう、がまんの限界《げんかい》だ！」

「三田《みた》にあやまれ！」

みんなが口々《くちぐち》に言《い》う。

たしかに、彼《かれ》らの言《い》うことにも一理《いちり》ある、と勇真《ゆうま》も思《おも》った。

「そうだな、みんなの言《い》うとおりだ。敗戦《はいせん》の責任《せきにん》を、三田《みた》ひとりに負《お》わせるなんて、片瀬《かたせ》、おまえはひどいやつだな」

勇真《ゆうま》が言《い》うと、片瀬《かたせ》は、しんじられないという表情《ひょうじょう》で、彼《かれ》を見《み》やった。

黒《くろ》い軽《けい》トラックがとまり、運転席《うんてんせき》から、まっ黒《くろ》な制服《せいふく》を着《き》た、黒髪《くろかみ》の男《おとこ》がおりてくる。

「そちらのかたは、ご不要《ふよう》ですか？」

つくりものみたいにととのった顔《かお》で、運転手《うんてんしゅ》はにこやかにたずねる。部員《ぶいん》のひとりが、怒《いか》りにまかせてこたえた。

「そうです。そいつは、おれたちのチームに、必要《ひつよう》ない」

「ま……まって……」

片瀬《かたせ》の顔《かお》が、くしゃくしゃにゆがむ。だが、運転手《うんてんしゅ》は情《なさ》けようしゃなく、片瀬《かたせ》のえり首《くび》を、ひょいとつかみあげ、軽《けい》トラックの荷台《にだい》にほうりこんだ。

「なんでだよぉ！　なんで……なんでおれがぁぁっ！」

血走《ちばし》った目《め》でさけぶ片瀬《かたせ》を乗《の》せ、軽《けい》トラックはとおざかっていった。

翌日《よくじつ》、勇真《ゆうま》がいつものようにグラウンドに足《あし》をはこぶと、後輩《こうはい》たちが、おどろいた顔《かお》になった。

「え……山本《やまもと》さん？　まだ部活《ぶかつ》、つづけるんですか？」

「いや、受験《じゅけん》が近《ちか》づいたらやめるさ。でも、おれがいきなりやめたら、みんながこまるだろう？　来年《らいねん》、おまえらがもっと強《つよ》いチームになって、今度《こんど》こそ全国大会《ぜんこくたいかい》へ行《い》けるように、できるだけ長《なが》く、手助《てだす》けしたいんだよ」

勇真《ゆうま》の言葉《ことば》に、後輩《こうはい》たちは、とまどったように、たがいに顔《かお》を見《み》あわせている。

てっきり、みんなが大《おお》よろこびでむかえてくれると思《おも》っていた勇真《ゆうま》は、あてがはずれたような気分《きぶん》になる。

「なんだぁ？　うるさい先輩《せんぱい》がいなくなって、せいせいするとでも思《おも》ってたのか？」

じょうだんめかしてからかったが、部員《ぶいん》たちは、あいまいなえみをうかべるだけだ。

こんなとき、片瀬《かたせ》ならすぐに、

「そんなわけないじゃないですか。山本《やまもと》さんが残《のこ》ってくれるなら、こんなありがたいことないですよ。なあ、みんな」

などと、言《い》ってくれただろうに。あいつみたいに気《き》のきくやつは、ほかにいなかった。

ざんねんだ。片瀬《かたせ》が人間回収車《にんげんかいしゅうしゃ》なんかに回収《かいしゅう》されてしまうとは――。

勇真《ゆうま》が思《おも》っていると、背後《はいご》から、うらみのこもった声《こえ》がした。

「……ふざけんなよ」

おどろいて、ふり返《かえ》ると、昨日《きのう》、回収車《かいしゅうしゃ》に回収《かいしゅう》されたはずの片瀬《かたせ》が、そこに立《た》っていた。

勇真《ゆうま》は思《おも》わず、よろこびの声《こえ》をあげる。

「片瀬《かたせ》！　おまえ、無事《ぶじ》に帰《かえ》ってこられたのか？　よかったな！」

しかし片瀬《かたせ》は、にくしみの表情《ひょうじょう》で、勇真《ゆうま》をにらみつける。

「ふざけんなよ！」

「片瀬《かたせ》？」

その罵声《ばせい》が、自分《じぶん》にむけられていることに気《き》づいて、勇真《ゆうま》はぎょうてんする。

あんなに従順《じゅうじゅん》で、礼儀正《れいぎただ》しかった片瀬《かたせ》が、よりによって先輩《せんぱい》の自分《じぶん》に、こんなことを言《い》うなんて……？

片瀬《かたせ》はいままでとは別人《べつじん》のように、ぞんざいな口調《くちょう》で、勇真《ゆうま》につめよる。

「なんで……なんでおれが、みんなにせめられて、あんたが平然《へいぜん》とそこにいるんだよ！　おれは、あんたがこわくて、あんたの言《い》うとおりにしてただけなのに！」

「はぁ？　なに言《い》ってるんだ？」

「そりゃ、あんたは部活《ぶかつ》をやめたくないだろうさ！　ほかの三年《さんねん》がやめて、あんたの天下《てんか》だもんな！　みんながあんたの顔色《かおいろ》をうかがって、あんたの気《き》に入《い》るように、へいこらしてるんだもの、さぞ、いごこちがいいだろうよ！　だけど、おれたちがどんなにうんざりしてるか、わかるか⁉」

片瀬《かたせ》は、はげしく言《い》いつのった。

「ずーっとおれは、あんたのきげんをうかがって、あんたが言《い》ってほしいと思《おも》うだろうことを言《い》って、あんたがしてほしいと思《おも》っていることをしてやってたんだ！　それなのに、おれだけがせめられるって、どういうことなんだよ！　悪《わる》いのはぜんぶ、あんたじゃないか！」

勇真《ゆうま》は、あまりのことに、怒《おこ》ることもできずに、ぽかんとした。

「なに言《い》ってるか、まったくわからないな。そうだろ、なあ、みんな？」

同意《どうい》をもとめて、部員《ぶいん》たちを見《み》やると、みんな、じっと勇真《ゆうま》の目《め》を見《み》かえしてきた。

「……片瀬《かたせ》の言《い》うとおりだ」

ぼそっと、三田《みた》がつぶやく。

「そうだよ……」

「片瀬《かたせ》だけじゃない。おれたちみんな、あんたの顔色《かおいろ》うかがって、言《い》いたいことも言《い》えずにいたんだ」

部員《ぶいん》たちが、つぎつぎに言《い》いだして、勇真《ゆうま》はあわてる。

「うそつけ。おれは、ちゃんとみんなの意見《いけん》を聞《き》いて……」

片瀬《かたせ》が、さえぎってさけぶ。

「それがあんたの、いやらしいとこなんだよ！　さも、みんなの意見《いけん》ってふうにして、そのじつ、自分《じぶん》の思《おも》ったとおりの意見《いけん》しか、とおさなかった。気《き》に入《い》らない意見《いけん》は、どうせ聞《き》き入《い》れなかったじゃないか！　だからおれたちは、あんたの『正解《せいかい》』にたどりつくまで、

11
18
23

苦労《くろう》してさぐりさぐり、『意見《いけん》』を言《い》わされてたんだよ！」

「そうだよ……おれたち、あんたの『意見《いけん》』がまちがってても、こわくて反対《はんたい》することなんてできなかった。あんたは自分《じぶん》が目立《めだ》つことしか考《かんが》えてなかった。攻撃《こうげき》を厚《あつ》く、守備《しゅび》をうすくして……だから負《ま》けたんじゃないか……」

いまになって勇真《ゆうま》の耳《みみ》に、これまでの部員《ぶいん》たちの言葉《ことば》が、よみがえってきた。


――たおしてでも止《と》めろって言《い》ったのは、だれだよ！

――一点《いってん》もとれなかったのは、いったいだれのせいだ!?

――いつだって、先輩《せんぱい》にしっぽふって……。


「もう、尊敬《そんけい》もできないやつの顔色《かおいろ》をうかがって、ちやほやしてやるのは、たくさんだ」

「試合《しあい》には負《ま》けたけど、これでもう、あんたの顔《かお》、見《み》ないですむと思《おも》ってたのに……」

部員《ぶいん》たちの口《くち》をついて、あとからあとから、うらみごとがあふれ出《で》る。

そのとき、ふたたび、あの不気味《ぶきみ》な声《こえ》が聞《き》こえてきた。

〈こちらは、人間回収車《にんげんかいしゅうしゃ》です。ご不要《ふよう》になった人間《にんげん》はいらっしゃいませんか――〉

部員《ぶいん》たちの目《め》が、いっせいに、勇真《ゆうま》を映《うつ》す。そのひややかさに、勇真《ゆうま》は、ぞっとする。

片瀬《かたせ》が、大声《おおごえ》で回収車《かいしゅうしゃ》をよんだ。

「すいません、この人《ひと》を回収《かいしゅう》してください！」

「お……おい、やめろよ……」

勇真《ゆうま》は、みんなの凝視《ぎょうし》からのがれようと、一歩《いっぽ》、二歩《にほ》とあとずさる。あの黒《くろ》ずくめの運《うん》

転手《てんしゅ》が、にこやかにおりてくる。

「はい、ご不要《ふよう》ならば、よろこんで！」

勇真《ゆうま》は部員《ぶいん》たちにむかって、どなった。

「おまえら！　先輩《せんぱい》にこんなことして、いいと思《おも》ってるのか⁉」

「はい、先輩《せんぱい》」

片瀬《かたせ》が、こおりつくような声《こえ》で言《い》った。

「これまで、ほんとうに、ありがとうございました」

運転手《うんてんしゅ》の手《て》が、さっと勇真《ゆうま》の背中《せなか》にかかる——と、次《つぎ》に気《き》づいたときには、黒《くろ》い軽《けい》トラックの荷台《にだい》に乗《の》っていた。なにがどうなったか、まるでわからないまま、勇真《ゆうま》は荷台《にだい》から身《み》を乗《の》りだし、ほかの部員《ぶいん》たちにむかって、うったえる。

「おい！　みんながみんな、片瀬《かたせ》と同《おな》じじゃないだろ？　おれに感謝《かんしゃ》して、チームに必要《ひつよう》だと思《おも》ってるやつもいるはずだ！」

すると、みんなが声《こえ》をそろえて答《こた》えた。

「いいえ。これが、チームの意志《いし》です」

＊　＊　＊

勇真《ゆうま》は、たましいが抜《ぬ》けたように、荷台《にだい》にすわりこんでいた。

「おれは……だって……チームのために……チームを勝《か》たせようと……」

運転手《うんてんしゅ》が、ふふふと、ひくい笑《わら》い声《ごえ》をもらす。

「じつに、いいチームですねぇ。周囲《しゅうい》のものが、あなたをおそれるあまり、先回《さきまわ》りしてあなたの意志《いし》をよんで、あなたをよろこばせようと動《うご》いていた。まるで、どこかの政治家《せいじか》のようですねぇ？」

うそだ。こんなことあるはずがない。

勇真《ゆうま》は頭《あたま》をかかえた。

これまでずっと、自分《じぶん》のことを、信望《しんぼう》のあつい、たよれるキャプテンだと思《おも》ってきた。

でも、それはすべて、後輩《こうはい》たちがそのように『演出《えんしゅつ》』してくれていたからだったのか？

じっさいには、みんながおれをけむたがって、はやくやめてほしいと願《ねが》っていたというのか？

おれはずっと、なんてかわいい後輩《こうはい》たちだろう、こんないいチームは、ほかにはない——と思《おも》いつづけてきたのに……。

運転手《うんてんしゅ》が、あざけるように言《い》った。

「彼《かれ》らは、あなたにとって、じつに『つ、ご、う、の』いい、チ、ー、ム、だったんですねぇ」

回《かい》収《しゅう》リスト 4

近《こん》藤《どう》　岬《みさき》

——晴《は》れてよかった！


目《め》がさめて、まどの外《そと》を見《み》た岬《みさき》は、心《こころ》がわくわくするのを感《かん》じた。

岬《みさき》は小学校三年生《しょうがっこうさんねんせい》。今日《きょう》はまちにまった遠足《えんそく》の日《ひ》だ。

岬《みさき》はいきおいよく、かいだんをかけおりる。

「おかあさん、おはよう！」

しかし、キッチンはうす暗《ぐら》く、お母《かあ》さんのすがたはなかった。さっきまで、うきたっていた岬《みさき》の心《こころ》が、きゅうにしぼむ。

「おかあさーん」

お母《かあ》さんたちの寝室《しんしつ》をのぞくと、カーテンのしまった部屋《へや》はうすぐらい。ベッドにもりあがったふとんの下《した》から、ほそい声《こえ》がした。

「うーん……岬《みさき》なの……？」

「おかあさん、今日《きょう》、遠足《えんそく》だよ。おべんとうは？」

「え……なに……？」

お母《かあ》さんが聞《き》きかえそうとしたとき、岬《みさき》の肩《かた》を、だれかがうしろからおさえた。見《み》あげると、お父《とう》さんだ。

「岬《みさき》、おいで」

お父《とう》さんは寝室《しんしつ》のドアをしめると、岬《みさき》をつれてキッチンにもどる。

「岬《みさき》、今日《きょう》はお母《かあ》さん、ぐあいがわるいんだ。お父《とう》さんとあさごはん食《た》べよう」

「ええっ、また？」

岬《みさき》は、泣《な》きたいような気《き》もちになる。

お母《かあ》さんはずっと病気《びょうき》だ。以前《いぜん》と同《おな》じように、おきてごはんをつくってくれたり、岬《みさき》の宿題《しゅくだい》をみてくれたりする日《ひ》もあるけれど、今日《きょう》みたいに『ぐあいがわるく』て、一日《いちにち》じゅう、おきあがれない日《ひ》もある。

「だって、今日《きょう》は遠足《えんそく》なのに……」

岬《みさき》がふてくされて、つぶやくと、

「しかたないだろう。ほら、冷蔵庫《れいぞうこ》からミルクとバターだして」

お父《とう》さんはわざと明《あか》るい声《こえ》で言《い》いながら、食《しょく》パンをオーブントースターに入《い》れた。


お父《とう》さんとごはんを食《た》べ、岬《みさき》はリュックサックをせおって家《いえ》を出《で》た。とちゅうのコンビニエンスストアで、お父《とう》さんが岬《みさき》をおべんとうのたなの前《まえ》へつれてゆく。

「さあ、岬《みさき》、どれがいい？　おっ、岬《みさき》のすきなスパゲッティべんとうもあるぞ」

お父《とう》さんがごまかすように、わざとらしく言《い》う。岬《みさき》の心《こころ》のおくから、やるせない怒《いか》りがこみあげてくる。

「こんなのいや！　ちゃんとおべんとう箱《ばこ》に入《はい》った、おべんとうじゃないと！」

「しかたないじゃないか。ほら、これでいいだろ？」

「いやって言《い》ったらいや！　おかあさんのおべんとうがいい！」

岬《みさき》が足《あし》をふみならして言《い》いはると、お父《とう》さんがこわい顔《かお》になる。

「いいかげんにしなさい、岬《みさき》。もうおねえさんだから、お母《かあ》さんがつらい思《おも》いしてるの、わかるだろ？　今回《こんかい》はがまんしなさい」

「もうおねえさんじゃない！」

「岬《みさき》！」

お父《とう》さんが声《こえ》をあらくしてどなり、岬《みさき》はびくっとする。

お父《とう》さんが、いっしゅん、顔《かお》をゆがめて、こぶしをにぎりしめる。でも、すぐ、どなったのを後悔《こうかい》するように、岬《みさき》の肩《かた》に、やさしく手《て》をおいた。

「……じゃ、これにするぞ」

お父《とう》さんはスパゲティべんとうを手《て》にとって、レジでお金《かね》をはらい、それを岬《みさき》のリュックサックに入《い》れた。

岬《みさき》はくちびるをむすんで、けんめいに涙《なみだ》をこらえていた。

遠足《えんそく》のゆくさきは、市内《しない》の博物館《はくぶつかん》だ。

ひろい緑地《りょくち》がそばにあって、大《おお》むかしの古墳《こふん》や、戦争中《せんそうちゅう》につかった砲台《ほうだい》のあとがのこっている。まわりより高《たか》いところなので、とんでくるアメリカ軍《ぐん》の飛行機《ひこうき》をねらって砲撃《ほうげき》したのだという。

いまも、いちだん高《たか》くなっていて、町《まち》なみを見下《みお》ろせる。

おひるになって、岬《みさき》たちは緑地《りょくち》にすわり、べんとうをひろげた。

みんなに見《み》られないといいなと思《おも》っていたのに、同《おな》じ班《はん》のゆりかが、めざとく岬《みさき》のべんとうを見《み》つける。

「ねえ、岬《みさき》ちゃんのおべんとう、コンビニのじゃん。どうしたの？　おかあさんにつくってもらえなかったの？」

「おかあさん、病気《びょうき》だから……」

岬《みさき》がくちごもりながら答《こた》えると、ゆりかはおおげさに声《こえ》を上《あ》げる。

「ええーっ、岬《みさき》ちゃんかわいそうー！　わたしのおかず、わけてあげるー」

岬《みさき》の顔《かお》が、カッとあつくなった。

恩《おん》きせがましく目《め》のまえにさしだされた、いかにも手《て》づくりといった感《かん》じの、かわいいべんとうをにらみつける。

「……いらない」

「えんりょすることないよ。ほら、たまごやき、あげる。うちのおかあさんのたまごやき、すっごくおいしいんだよー！」

ゆりかがわざわざ、たまごやきを岬《みさき》のべんとうの上《うえ》に置《お》こうとする。岬《みさき》は、がまんできなくなって、その手《て》をはらいのけた。

「いらないってば！」

きいろいたまごやきが飛《と》んで、みどりの草《くさ》の上《うえ》にころがった。

ゆりかが金切《かなき》り声《ごえ》を上《あ》げる。

「なにするのよ！」

「わたし、いらないって言《い》ったでしょ!?」

「なんで!?　せっかく、親切《しんせつ》にしてあげたのに！　岬《みさき》ちゃんがかわいそうだから」

——また、かわいそうって言《い》った！

岬《みさき》は立《た》ち上《あ》がって、コンビニのスパゲティべんとうを、ゆりかになげつけた。

スパゲティが、ゆりかのシャツの胸《むね》にあたって、べっとりと赤《あか》いしみをつくる。ゆりかが悲鳴《ひめい》を上《あ》げた。

「ひどい！」

ほかの友《とも》だちも、ゆりかの肩《かた》をもって、口々《くちぐち》に岬《みさき》を非難《ひなん》する。

「なんてことするの、ひどいよ、岬《みさき》！」

「ゆりかは、親切《しんせつ》にしただけなのに！」

「あやまりなよ！」

岬《みさき》は両手《りょうて》をにぎりしめ、だまってみんなをにらみつける。

自分《じぶん》がひどいことをしたのはわかっている。でも……それでも……。

——ぜったいに、あやまるもんか！

岬《みさき》たちのいた場所《ばしょ》は、緑地《りょくち》のはしのほうで、先生《せんせい》たちからは見《み》えないところだった。木《こ》立《だち》のすぐむこうには、道路《どうろ》が通《とお》っている。

その道路《どうろ》を、ゆっくりと走《はし》ってくる車《くるま》があった。


〈こちらは、人間回収車《にんげんかいしゅうしゃ》です。

ご不要《ふよう》になった人間《にんげん》はいらっしゃいませんか。

こわれていても、かまいません。

どんな人間《にんげん》も回収《かいしゅう》いたします。

お気軽《きがる》に、お声《こえ》かけください——〉

スピーカーからながれてくる言葉《ことば》が、あまりに異様《いよう》だったので、岬《みさき》たちはおどろいて、そちらを見《み》た。道路《どうろ》をゆっくりと近《ちか》づいてくるのは、闇《やみ》をぬりつけたように、まっ黒《くろ》な軽《けい》トラックだ。

ゆりかが、いじの悪《わる》い顔《かお》になった。

「岬《みさき》、あやまらないなら、あの車《くるま》に回収《かいしゅう》してもらうよ！」

岬《みさき》は、また、カッとなる。

「ぜったいに、あやまらない！」

「それならいいよ！」

ゆりかもムキになって、声《こえ》を上《あ》げた。

「回収車《かいしゅうしゃ》さん！　この子《こ》を回収《かいしゅう》して！」

まさかと思《おも》ったが、その声《こえ》にこたえて、まっ黒《くろ》な軽《けい》トラックが目《め》のまえでとまった。運《うん》転席《てんせき》からおりてきたのは、ながい前髪《まえがみ》で左目《ひだりめ》をかくし、黒《くろ》い制服《せいふく》と帽子《ぼうし》を身《み》につけた、わかくてかっこいい男《おとこ》の人《ひと》だ。

男《おとこ》の人《ひと》はにこやかに、

「ご不要《ふよう》でしたら、よろこんで！」

と言《い》うと、岬《みさき》のえり首《くび》をつかんで、まるで猫《ねこ》の子《こ》のように、ひょいと持《も》ち上《あ》げる。

岬《みさき》が、びっくりして、あばれることもできずにいるうちに、男《おとこ》の人《ひと》は、ぽいと荷台《にだい》に、岬《みさき》をほうりこんだ。


バタン！


運転席《うんてんせき》のドアがしまり、あっというまに黒《くろ》い軽《けい》トラックは走《はし》りだす。荷台《にだい》から、あわてた顔《かお》の、ゆりかたちが見《み》えた。

岬《みさき》は、ひっしに荷台《にだい》のまえのほうへはってゆき、運転席《うんてんせき》のうしろのまどをたたく。

「なんなの、これ？　人間回収車《にんげんかいしゅうしゃ》って？　わたしをどこへつれてゆくの!?」

「さあ、悪《わる》い子《こ》がゆくところへ、ですかねぇ」

運転手《うんてんしゅ》が、ちらりとうしろを見《み》た。

近《ちか》くで見《み》ると、その顔《かお》はあまりにととのっていて、血《ち》がかよっている人間《にんげん》ではないみたいだ。その、つくりものめいた顔《かお》で、にゃぁっとわらう。うす赤《あか》いくちびるがつりあがり、きずぐちのように見《み》えて、岬《みさき》はぞっとする。

おびえた顔《かお》になった岬《みさき》に気《き》づいたのか、運転手《うんてんしゅ》はちょっとやさしい声《こえ》になる。

「ごしんぱいなく。わたしは『不要《ふよう》な人間《にんげん》』を回収《かいしゅう》しているんです。あなたを必要《ひつよう》とする人間《にんげん》がひとりでもいれば、すぐにお帰《かえ》ししますよ」

「わたしを、必要《ひつよう》とする人間《にんげん》……」

岬《みさき》は、がっくりとすわりこんだ。

「……いないよ。わたしを必要《ひつよう》な人《ひと》なんて」

「そうですか？　お父《とう》さん、お母《かあ》さんは、あなたを必要《ひつよう》としているでしょう？」

岬《みさき》は首《くび》をよこにふる。

「だって……わたし、悪《わる》い子《こ》だもん」

岬《みさき》の目《め》から、涙《なみだ》がこぼれた。

「弟《おとうと》を殺《ころ》した、悪《わる》い子《こ》なんだもん……」

「わたしには、幹《みき》也《や》っていう弟《おとうと》がいたの……」

幹《みき》也《や》は五歳《ごさい》だった。来年《らいねん》は、岬《みさき》と同《おな》じ小学校《しょうがっこう》へ通《かよ》うはずだった。

弟《おとうと》は、ときどきはかわいかったけれど、それよりも、やっかいだったり、にくらしかったりすることの方《ほう》が多《おお》かった。幹《みき》也《や》はかんしゃくをおこすと、岬《みさき》をぶったりしたし、岬《みさき》のおかしをとったり、おもちゃをこわしたりした。やんちゃな幹《みき》也《や》に、お母《かあ》さんはかかりきりで、岬《みさき》は自分《じぶん》のことは、自分《じぶん》でやらなければいけなかった。

「……でも、がまんした。だって、おねえちゃんなんだもの」

幹《みき》也《や》は岬《みさき》にくっついてまわった。おねえちゃんのすることは、いちいちまねをした。

そういうときも、かわいいと思《おも》う気《き》もちと、めんどうだという気持《きも》ちが、岬《みさき》のなかには両方《りょうほう》あった。

一ヶ月《いっげつ》くらいまえのある日《ひ》、岬《みさき》が近所《きんじょ》の友《とも》だちのうちへ、あそびに行《い》こうとしたときだった。しらないうちに、幹也《みきや》がついてきていた。

「そのとき、わたし、幹也《みきや》に言《い》ったの。『帰《かえ》ってよ。ついてこないで』って」

つれていったら、幹也《みきや》のめんどうをみなければいけなくなって、自分《じぶん》は楽《たの》しくあそべない。家《いえ》の外《そと》でまで、弟《おとうと》のめんどうなんてみたくない。

そんな気《き》もちがあって、つめたく追《お》い返《かえ》してしまった。

しょんぼりと帰《かえ》ってゆく、幹也《みきや》のうしろすがたを思《おも》いだす。

あれが弟《おとうと》を見《み》た、さいごだった。

家《いえ》へ帰《かえ》るとちゅう、幹也《みきや》はトラックにはねられて、死《し》んだ。

「わたしが、いっしょに友《とも》だちの家《いえ》へつれていってたら……それとも、ちゃんとうちまでつれて帰《かえ》っていたら、幹也《みきや》は死《し》なかくてすんだのに……！」

それ以来《いらい》、お母《かあ》さんは、ぬけがらのようになってしまった。今日《きょう》みたいに、ふとんから起《お》き上《あ》がれなかったり、暗《くら》いへやに、ひとりでじっとすわっていたり。

お父《とう》さんも、お母《かあ》さんも、いちども岬《みさき》をせめなかった。でも、岬《みさき》はしっていた。自分《じぶん》のせいだ――ということを。

「ぜんぶ、わたしのせい……それなのに、わたしったら、おかあさんが、おべんとうをつくってくれないことをうらんだり、おとうさんに、もんくを言《い》ったり、せっかくおべんとうをわけてくれた友《とも》だちに、ひどいことしたり……」

岬《みさき》は両手《りょうて》で顔《かお》をおおって、泣《な》きふした。

「ほんとうに悪《わる》い子《こ》なの！　だから、だれも、わたしを必要《ひつよう》となんかしてくれない！」

いま思《おも》いだすと、幹也《みきや》のかわいかった顔《かお》や、しぐさばかりが、よみがえってくる。

――『おねえちゃん、だいすき』

回《まわ》らない舌《した》で、言《い》ってくれたことば。
どうして、もっとやさしくしてあげなかったんだろう。
どうして、あんなにつめたくしてしまったんだろう。
後悔《こうかい》ばかりがこみあげてきて、あとからあとから、涙《なみだ》があふれてくる。
わたしは、このままきっと、悪《わる》い子《こ》のゆくところへつれてゆかれるんだろう。
まえの運転席《うんてんせき》で、運転手《うんてんしゅ》が小《ちい》さく、ためいきをついたような気《き》がした。
どこからか、甘《あま》いような、ふしぎなにおいがしてきて、岬《みさき》をねむけがおそう。
――この車《くるま》はどこへゆくんだろう？
岬《みさき》はとろとろとねむりに落《お》ちながら、思《おも》う。

もしかしたら、そこで幹也《みきや》に会《あ》えるかしら？

でも、幹也《みきや》はそこにはいないかもしれない。

岬《みさき》みたいに悪《わる》い子《こ》はきっと、幹也《みきや》のいるところには、行《い》けないんだろう。
そう思《おも》うと、またかなしくて、岬《みさき》は泣《な》いた。

もういちど、幹也《みきや》に会《あ》いたい。
そしたら言《い》えるのに。
——ごめんね、って……。

＊　＊　＊

すうすうと首《くび》すじに風《かぜ》があたる感《かん》じがして、岬《みさき》は目《め》をさました。
あたりは暗《くら》い。

どこだろう？

わたしはいま、悪《わる》い子《こ》がゆくところにいるんだろうか？

体《からだ》をおこして、周囲《しゅうい》を見《み》まわしたとき、岬《みさき》はそこが、よく見《み》なれたところだということに気《き》づく。

自分《じぶん》の家《いえ》だ。岬《みさき》は家《いえ》のまえの道路《どうろ》に、ぺたんとすわりこんでいた。

——どうして？

岬《みさき》は、ぽかんとして自分《じぶん》の家《いえ》を見《み》あげる。

「岬《みさき》！」

声《こえ》がしたほうをふりむくと、お父《とう》さんとお母《かあ》さんがこちらへ走《はし》ってくるのが見《み》えた。

「岬《みさき》、無事《ぶじ》なのね!?」

「いったいどうやって……これまでなにをしてたんだ？」

ふたりはたしかめるように岬《みさき》の体《からだ》にふれ、血相《けっそう》をかえて問《と》いただす。

岬《みさき》はまだ、どういうことかわからずに、ぼうっと両親《りょうしん》を見《み》つめる。ふたりとも、髪《かみ》も服《ふく》もくしゃくしゃで、こうふんして目《め》がつり上《あ》がり、いつもとは別人《べつじん》みたいだ。

「ゆりかちゃんたちは、『人間回収車《にんげんかいしゅうしゃ》』につれてゆかれたなんて言《い》ってたけど……だいじょうぶ？　なにかひどいことをされなかった？」

「ゆりか……」

やっと岬《みさき》の頭《あたま》が回《まわ》りはじめる。

そうだった。わたしはゆりかにひどいことをしたから、人間回収車《にんげんかいしゅうしゃ》につれてゆかれたんだった。

――でも、それならどうして帰《かえ》ってこられたんだろう？

お母《かあ》さんがすこしほほえむ。

「ええ、ゆりかちゃんたちは、まさかほんとうに、岬《みさき》がつれてゆかれるとは思《おも》わなくて、びっくりしてすぐ先生《せんせい》にしらせに行《い》ったのよ。いじわるをして悪《わる》かったって、みんな泣《な》いていたわ」

「それで、先生《せんせい》が警察《けいさつ》やお父《とう》さんたちに連絡《れんらく》して、みんなでこれまでずっと、さがしていたんだよ」

みんなが？　わたしを？

岬《みさき》はまだ信《しん》じられない気分《きぶん》で、お母《かあ》さんの顔《かお》を見《み》つめる。

「おかあさん、おきてだいじょうぶなの？」

「岬《みさき》がいなくなったんだもの、ねてなんかいられないわよ」

お母《かあ》さんは、はげしく言《い》って、岬《みさき》をぎゅっとだきしめてくれた。

お母《かあ》さんに抱《だ》っこされるなんてひさしぶりだ。ぬくもりといっしょに、お母《かあ》さんがどんなに心配《しんぱい》していたか、その気《き》もちがつたわってくる。

「どうして……？　わたし、悪《わる》い子《こ》なのに……」

岬《みさき》の目《め》に、涙《なみだ》がうかんだ。

「幹也《みきや》が死《し》んだのは、わたしのせいなのに」

お母《かあ》さんはおどろいて、岬《みさき》の顔《かお》を見《み》た。

「岬《みさき》……そんなふうに思《おも》っていたの？」

「だって……だって、わたしがいっしょにいたら、幹也《みきや》は事故《じこ》にあわなかったよ。わたしが、ひとりで帰《かえ》したりしなかったら……」

岬《みさき》は泣《な》きじゃくりながら言《い》った。ずっと心《こころ》につかえていた思《おも》いだった。

あとからあとから、涙《なみだ》が出《で》てきてとまらない。

するとお母《かあ》さんが、きっぱりと頭《あたま》をふった。

「ちがうわ、岬《みさき》が悪《わる》いんじゃない。お母《かあ》さんが……お母《かあ》さんが幹也《みきや》から目《め》をはなしたのがいけなかったの。いつのまにか、おねえちゃんのあとを追《お》いかけて、家《いえ》を出《で》てたのに気《き》づかなかった……」

お母《かあ》さんの顔《かお》が、思《おも》いつめたような暗《くら》い表情《ひょうじょう》になる。

それで岬《みさき》は、はじめて知《し》った。

お母《かあ》さんはずっと後悔《こうかい》していたんだ。

岬《みさき》は、お母《かあ》さんのぐあいが悪《わる》くなるたび、言葉《ことば》に出《だ》さなくても、責《せ》められているような気《き》がしていた。

でも、ちがった。お母《かあ》さんは自分《じぶん》を責《せ》めていたんだ。ずっと。

そのとき、お父《とう》さんが言《い》った。

「そうじゃない。ふたりともまちがっているよ」

お父《とう》さんは、片手《かたて》をお母《かあ》さんの肩《かた》に、片手《かたて》を岬《みさき》の頭《あたま》においた。

「岬《みさき》のせいでも、お母《かあ》さんのせいでもないんだ。ふたりとも悪《わる》くない。それに、事故《じこ》をおこした運転手《うんてんしゅ》さんのせいでもない。幹也《みきや》が道路《どうろ》にとびだしてしまって、よけられなかったんだから……」

お父《とう》さんの目《め》からも、涙《なみだ》がこぼれた。お父《とう》さんはくちびるをふるわせ、けれども、はっきりとした声《こえ》で言《い》う。

「つらいけど、世《よ》の中《なか》ではときどき、こんなことがおこってしまうんだよ。だれのせいでもない。だれも悪《わる》くないのに、とてつもなく悲惨《ひさん》なことがおこってしまうんだ。けっして、岬《みさき》のせいでも、お母《かあ》さんのせいでもないんだよ」

そうか、と、岬《みさき》は思《おも》った。

つらいこと、悲《かな》しいことがおこったら、みんな、だれかのせいにしたい。

でも、憎《にく》みたいだれかがいなければ、自分《じぶん》のせいにしてしまうのかもしれない。

そうでもしないと、とてつもなく大《おお》きな悲《かな》しみをうけとめられないから。

お母《かあ》さんとわたしは、ふたりとも、おなじことをしていたんだ。そうして、自分《じぶん》だけではなく、おたがいをきずつけてきた。

お父《とう》さんが言《い》ってくれて、岬《みさき》はなんとなく、そういうことに気《き》づけた。それは、お母《かあ》さんもおなじだったと思《おも》う。

なぜってお母《かあ》さんは、ぼろぼろと涙《なみだ》をこぼしながら、さっきよりもずっと強《つよ》い力《ちから》で、岬《みさき》のことを抱《だ》きしめてくれたから。

岬《みさき》はお母《かあ》さんに抱《だ》かれ、お父《とう》さんの大《おお》きな手《て》で頭《あたま》をなでられて、胸《むね》につかえていたものが、すうっとながれおちてゆくのを感《かん》じた。

ずっと胸《むね》に、大《おお》きなかたまりのようなものがつかえていたのに、なくなってはじめて、岬《みさき》はそれに気《き》づいた。

その大《おお》きなかたまりがなくなったから、たぶん岬《みさき》はもうお父《とう》さんに反抗《はんこう》したり、友《とも》だちに乱暴《らんぼう》したりしなくてすむだろう。なんとなく、そう思《おも》えた。

――あしたになったら、ゆりかちゃんに、ちゃんとあやまろう……。

お父《とう》さんが、ぽんと岬《みさき》の頭《あたま》に手《て》をおいて言《い》った。

「さあ、うちに入《はい》ろう。ふたりとも、かぜをひいてしまうよ」

お母《かあ》さんがうなずいた。

「そうね。岬《みさき》、おなかへってるでしょう？ すぐになにか、つくってあげるわね」

岬《みさき》はふたりに、両側《りょうがわ》からはさまれて、家《いえ》にむかって歩《ある》いた。空《そら》にひときわ大《おお》きくかがやく星《ほし》が見《み》えた。

幹也《みきや》はいま、どこにいるんだろう。

そっちに行《い》くのは、もうしばらく先《さき》になりそうだ。

でも、いつか、また会《あ》えたときには言《い》おう。

ごめんね。

そして――
おねえちゃんも、幹也《みきや》のことがだいすきだよ……って。
そしたら、幹也《みきや》も岬《みさき》をゆるしてくれるだろうか。

――『おねえちゃん、だいすき』

空《そら》のどこかから、弟《おとうと》の笑《わら》い声《ごえ》が聞《き》こえたような気《き》がした。

回《かい》収《しゅう》リスト 5

犬《いぬ》崎《ざき》健《けん》吾《ご》

その日《ひ》は、倉科沙耶《くらしなさや》にとって、人生最悪《じんせいさいあく》の日《ひ》だった。

十五歳《じゅうごさい》になる、今日《きょう》まで、沙耶《さや》をそだててくれた母《はは》が死《し》んだ。

母《はは》ひとり、子《こ》ひとりの家庭《かてい》だった。それでも沙耶《さや》は、自分《じぶん》が不幸《ふしあわ》せだと思《おも》ったことは、いちどもない。

母《はは》は明《あか》るい人《ひと》だった。仕事《しごと》と家《いえ》のことでたいへんだったはずだけど、いつも冗談《じょうだん》を言《い》って笑《わら》っていた。

そんな母《はは》が、とつぜんたおれて、病院《びょういん》に運《はこ》ばれてすぐに、亡《な》くなってしまった。

沙耶《さや》は、たったひとりになってしまったのだ。

お葬式《そうしき》のあいだは、なにがなんだかわからなくて、まるで夢《ゆめ》の中《なか》にいるようだった。でも、すべてがおわったとき、沙耶《さや》はようやくしみじみと悟《さと》ったのだ。

——おかあさんはいない。わたしはもう、ひとりだ。

母《はは》がたおれてから、お葬式《そうしき》の手配《てはい》や、いろんなことをとりしきってくれた伯母《おば》の家《いえ》にいた。でも、お葬式《そうしき》がおわったあと、沙耶《さや》はそっと、その家《いえ》をぬけだした。

ひとりになって、自分《じぶん》の家《いえ》に帰《かえ》りたかった。

これから、どうしたらいいんだろう。

もう受験《じゅけん》もおわり、行《い》く高校《こうこう》はきまっていた。母《はは》がためておいてくれたお金《かね》もある。けれど、これでどれくらい、くらしてゆけるのか、わからない。もしかしたら、学校《がっこう》をやめて、働《はたら》かないといけないかもしれない。

でも、相談《そうだん》したくても、もう母《はは》はいない。だれもいない。

わたし、ひとりだ。

とぼとぼと、夜《よる》の道《みち》をたどりながら、沙耶《さや》は涙《なみだ》をこぼした。

——ああ、こんなとき、おとうさんがいてくれたら！

あまりにさびしくて、つらくて、沙耶《さや》はつい思《おも》ってしまった。

沙耶《さや》は父親《ちちおや》のことをよくおぼえていない。父《ちち》は、沙耶《さや》が三歳《さんさい》くらいのとき、急《きゅう》にどこかへ行《い》ってしまった。

失踪《しっそう》——というのだそうだ。急《きゅう》にどこかへ行《い》ってしまって、帰《かえ》ってこないこと。

母《はは》は父《ちち》のことを話《はな》したがらなかった。とつぜん家族《かぞく》をおいて、出《で》ていってしまったのだから、とうぜんかもしれない。それで沙耶《さや》もあまり深《ふか》くたずねずにきた。でも、こっそり母《はは》の古《ふる》い写真《しゃしん》のなかから、父《ちち》の写《うつ》ったものを、ぬき取《と》っておいた。

写真《しゃしん》のなかの、わかい父《ちち》は、すてきだった。ひょろりとした体《からだ》つきで、髪《かみ》は茶色《ちゃいろ》くそめ、まゆをほそくととのえて、ちょっとチャラいかんじだけれど、イケメンといっていいだろう。なにより、たのしそうな笑顔《えがお》がすてきだ。

ときどき、沙耶《さや》はかくれて、その写真《しゃしん》を、うっとりと見《み》ていた。

あんなすてきな人《ひと》が、いま、そばにいてくれたらいいのに。

そうしたら、沙耶《さや》はもうひとりじゃなくなる。こまったとき相談《そうだん》したり、まもってもらえる人《ひと》ができる。

ほんとうに、おとうさんが帰《かえ》ってきてくれたらいいのに……！

＊　＊　＊

男《おとこ》は、軽《けい》トラックの荷台《にだい》で目《め》をさました。

――あれ……おれ、どうしてこんなとこで寝《ね》てるんだ……？

また、悪《わる》い仲間《なかま》とはしゃぎすぎたんだろうか？

ぼうっとした頭《あたま》を振《ふ》り、周囲《しゅうい》を見回《みまわ》す。

あたりはまっ暗《くら》だ。街灯《がいとう》も、人家《じんか》から漏《も》れるあかりも見《み》えない。うちの近《ちか》くにこんな、いなかめいたところがあっただろうか？

――うち？

うちって、どこだっけ？

「おや、目《め》がさめましたか？」

まえのほうから声《こえ》がして、男《おとこ》はそちらに顔《かお》をむける。

軽《けい》トラックの運転席《うんてんせき》には、黒《くろ》い制服《せいふく》を着《き》た黒髪《くろかみ》の男《おとこ》がいて、荷台《にだい》にいる彼《かれ》に話《はな》しかけてきた。

「あなたはとても運《うん》がいいですよ。ふつう、こんなにたってから、帰《かえ》される人《ひと》はいませんからね」

「はぁ？　だれ、あんた？　おれ、なんでこんなとこにいんの？」

なんだか、頭《あたま》にかすみがかかったみたいにぼやけていて、ねむるまえにどこにいたか、なにをしていたか、まったく思《おも》い出《だ》せない。

そう考《かんが》えてから、ぎくっとする。

——おれは、だれだ？

なにも思《おも》い出《だ》せない。自分《じぶん》の名前《なまえ》も、どこのだれかも。

すると、運転手《うんてんしゅ》がそれを見《み》すかしたように言《い》う。

「犬崎健吾《いぬざきけんご》さん、あなたはもといたところへ帰《かえ》るんですよ。あなたを必要《ひつよう》としている人《ひと》がいましたのでね。人間回収車《にんげんかいしゅうしゃ》は、不要《ふよう》な人間《にんげん》しか回収《かいしゅう》しないんです」

犬崎《いぬざき》——健吾《けんご》。

そうだ、それがおれの名《な》だ。

自分《じぶん》の名前《なまえ》を思《おも》い出《だ》して、健吾《けんご》は少《すこ》しだけ、ほっとする。

相手《あいて》の言《い》っていることは、まったく理解《りかい》ができなかったのだが。

「さあ、つきますよ」

前方《ぜんぽう》に、ぽつんと小《ちい》さなあかりが見《み》えた。

みるみるそれが大《おお》きくなってくる。

街灯《がいとう》の下《した》に立《た》って、うつむいている少女《しょうじょ》の姿《すがた》があった。黒《くろ》い軽《けい》トラックが、そのまえにとまる。

少女《しょうじょ》が、おどろいたように顔《かお》をあげる。

中学生《ちゅうがくせい》か、高校生《こうこうせい》だろうか。まだあどけない顔《かお》は、涙《なみだ》でぬれている。

運転手《うんてんしゅ》が、肩《かた》ごしにふりかえる。

「さあ、ここですよ。おりてください」

そう言《い》われて、気《き》づくと、健吾《けんご》は街灯《がいとう》の下《した》に立《た》っていた。いつ車《くるま》をおりたのか、自分《じぶん》でもわからない。

街灯《がいとう》に照《て》らされた、健吾《けんご》の顔《かお》を見《み》て、そこにいた少女《しょうじょ》が目《め》をまるくする。

「……おとうさん⁉」

「はぁ？　おとうさん、だぁ？」

健吾《けんご》は、ぽかんと口《くち》を開《あ》けた。

おとうさん、だって？　おれの歳《とし》で、こんなでかいガキがいるはずが――

――と、頭《あたま》のなかに、泣《な》いている幼児《ようじ》の映像《えいぞう》がうかび、またたいて消《き》える。

「それでは、犬崎健吾《いぬざきけんご》さん。二度《にど》とお会《あ》いすることがないように」

黒髪《くろかみ》の運転手《うんてんしゅ》が、にやっと笑《わら》って言《い》った。

それきり、黒《くろ》い軽《けい》トラックは走《はし》り去《さ》ってゆく。

「お……おい、待《ま》てよ……！」

健吾《けんご》はなにもわからないまま、その場《ば》に取《と》り残《のこ》された。

＊　＊　＊

――おとうさんだ！

沙耶《さや》は呆然《ぼうぜん》として、いきなりあらわれた男《おとこ》の人《ひと》を見《み》つめた。

おとうさんがいてくれたら――そうねがったとたん、目《め》の前《まえ》にあらわれた男《おとこ》。

これまでも、思《おも》ったことはあった。父《ちち》はいまどこにいるのだろう、とか、もしかしたらある日《ひ》、ひょっこり帰《かえ》ってくるかもしれない、とか。

でもそれは、あくまで空想《くうそう》でしかなく、本気《ほんき》で会《あ》いたいとねがったわけではなかった。

だって沙耶《さや》には、母《はは》がいたから……。

ひょっとしたら夢《ゆめ》かもしれない、と、うたがったが、まちがいない。古《ふる》い写真《しゃしん》のなかにいた、父親《ちちおや》の姿《すがた》だ。ほんとうに、帰《かえ》ってきたのだ。

でも、こんなことってある？

沙耶《さや》は混乱《こんらん》しながら、まじまじと父親《ちちおや》らしき男《おとこ》の顔《かお》に見入《みい》る。

男《おとこ》はひょろっとした体《からだ》つきで、まゆを細《ほそ》くととのえ、髪《かみ》を茶色《ちゃいろ》く染《そ》めている。ちょっとチャラいけど、けっこうイケメンだ。昔《むかし》の写真《しゃしん》とそっくり。

でも……そっくりすぎる。

あれはもう十年以上《じゅうねんいじょう》まえの写真《しゃしん》だ。たぶん、沙耶《さや》が生《う》まれたばかりのころの写真《しゃしん》。

それなのに、目《め》の前《まえ》にいる人《ひと》は、すこしも年《とし》をとったように見《み》えない。二十代前半《にじゅうだいぜんはん》の、若《わか》い男《おとこ》だ。

沙耶《さや》は、意《い》を決《けっ》して、男《おとこ》に話《はな》しかける。

「あの……おとうさん……犬崎健吾《いぬざきけんご》さん、じゃないですか？」

走《はし》り去《さ》った軽《けい》トラックのほうを見《み》ていた男《おとこ》が、おどろいたようにふり返《かえ》る。

「おれを知《し》ってるのか⁉　だれだ、あんた？」

「わ……わたしは、沙耶《さや》……倉科亜希子《くらしなあきこ》の娘《むすめ》……です」

「亜希子《あきこ》……？」

男《おとこ》の目《め》が、記憶《きおく》をさがすように、宙《ちゅう》をさまよう。

「亜希子《あきこ》……思《おも》いだした」

男《おとこ》はつぶやいたあと、憎々《にくにく》しげに顔《かお》をゆがめた。


「あいつがおれを、人間回収車《にんげんかいしゅうしゃ》に回収《かいしゅう》させたんだ！」


沙耶《さや》はひとまず、父《ちち》といっしょに家《いえ》へ帰《かえ》った。

これまでの十数年《じゅうすうねん》、どこにいたのかと聞《き》いたが、父《ちち》は、

「だから、あのへんな車《くるま》に乗《の》ったあとのことは、まったくおぼえてないんだよ」

と言《い》う。

それだけではなく、人間回収車《にんげんかいしゅうしゃ》に乗《の》るまえのことも、なかなか思《おも》いだせないようだ。

なんて奇妙《きみょう》なんだろう。

沙耶《さや》はやかんを火《ひ》にかけながら、そっと背後《はいご》をぬすみ見《み》る。

父《ちち》はリビングの座卓《ざたく》のまえに座《すわ》り、部屋《へや》をうさんくさそうにながめ回《まわ》している。母《はは》とくらしていた部屋《へや》に、写真《しゃしん》でしか見《み》たことのない男《おとこ》の人《ひと》がいるのは、おちつかない気分《きぶん》だ。

神隠《かみかく》し——という話《はなし》を聞《き》いたことがある。

ある日《ひ》、ふっと姿《すがた》を消《け》してしまった人《ひと》が、何年《なんねん》もたったあと、いなくなったときのままのすがたで、もどってくる、という話《はなし》だ。

もしかしたら、これも、そういうことなのだろうか。父《ちち》が少《すこ》しも年《とし》をとっていないのも、この世《よ》ではない場所《ばしょ》にいたからかもしれない。

父《ちち》もまた、沙耶《さや》と同《おな》じように、おちつかないようすだ。

「それで、亜希子《あきこ》はどこだ？」

少《すこ》しいらだった声《こえ》で聞《き》く。

「おかあさんは……」

沙《さ》耶《や》は、声《こえ》をつまらせ、ぐっと涙《なみだ》をこらえた。

「……おかあさんは、死《し》んだの。つい三日《みっか》まえに……」

沙《さ》耶《や》の言葉《ことば》を聞《き》き、父《ちち》はぽかんと口《くち》をあけた。

「亜希子《あきこ》が……」

湯《ゆ》が沸《わ》いて、やかんがピーッと鳴《な》りだした。

沙《さ》耶《や》は目《め》をこすりながら、火《ひ》を止《と》めにゆく。

「………だな」

背後《はいご》で父《ちち》がなにかつぶやいたが、よく聞《き》きとれなかった。

「え、なあに？　おとうさん、お腹《なか》すいてない？　カップラーメンでも食《た》べる？」

「おう」

沙《さ》耶《や》がカップラーメンにお湯《ゆ》をそそいではこぶと、父《ちち》はきげんよく、沙《さ》耶《や》の頭《あたま》をぽんぽんたたいた。

「いい子《こ》だな。気《き》がきくじゃねえか。さすがおれの娘《むすめ》だ」

はじめての感触《かんしょく》に、沙耶《さや》はうれしくて、ぼうっとなった。

おとうさん。ほんとうにこの人《ひと》が、わたしのおとうさんなんだ！

同時《どうじ》に、気《き》になってしかたないことがあった。

「おとうさん、その……人間回収車《にんげんかいしゅうしゃ》に、おかあさんがおとうさんをつれてゆかせたって、ほんとう？」

おずおずとたずねると、父《ちち》はラーメンをすすりながらこたえた。

「ほんとさ。忘《わす》れるわけねえだろ。おれの最後《さいご》の記憶《きおく》があれなんだから」

「でも……どうして？」

そんなひどいことを、母《はは》がしたなんて信《しん》じられない。

「さあな、おまえをひとりじめしたかったんじゃねえか？　むかしから、あいつ、おれがおまえのそばによるのを、いやがってたからな」

そんなことってあるだろうか。

母《はは》は意志《いし》の強《つよ》い人《ひと》だったけれど、やさしかった。父《ちち》を、わけのわからない、人間回収車《にんげんかいしゅうしゃ》なんかに、つれてゆかせるわけがないと思《おも》うのに。

そういえば、母《はは》が言《い》ったことがある。

――沙耶《さや》、約束《やくそく》して。けっしてお父《とう》さんを、さがそうなんて思《おも》わないって。

どうして母《はは》はあんなことを言《い》ったのだろう。

父《ちち》を、人間回収車《にんげんかいしゅうしゃ》につれてゆかせたから？

そう考《かんが》えると、これまで自分《じぶん》がよく知《し》っていた母《はは》が、まるで別人《べつじん》のような気《き》がしてくる。

そのとき、電話《でんわ》が鳴《な》った。着信《ちゃくしん》を見《み》ると、伯母《おば》からだ。

「ああ、沙耶《さや》。いまどこにいるの？　急《きゅう》にいなくなって心配《しんぱい》したのよ」

伯母《おば》が電話《でんわ》のむこうから、早口《はやくち》でかたりかけてくる。沙耶《さや》はみじかくこたえた。

「うち」

「そんな。ひとりでいるの、よくないわよ。しばらくはおばさんとこにいなさい」

由布子伯母《ゆうこおば》さんは母《はは》の姉《あね》で、母《はは》が死《し》んだときも、お葬式《そうしき》のときもめんどうを見《み》てくれた。ずっと伯母《おば》さんのところにいればいい、と言《い》ってくれたけれど、沙耶《さや》はひとりになりたくて、こっそり家《いえ》にもどろうとした。その途中《とちゅう》で、父《ちち》と会《あ》ったのだ。

沙耶《さや》は答《こた》えた。

「だいじょうぶ。ひとりじゃないよ。おとうさんが帰《かえ》ってきたの」

電話《でんわ》のむこうで、伯母《おば》が絶句《ぜっく》した。

「……おとうさん？　おとうさんって、まさか……あの男《おとこ》じゃないわよね？」

「おとうさんはおとうさんよ。たったいま、帰《かえ》ってきたの」

「まさか、家《いえ》に上《あ》げたの？」

伯母《おば》の声《こえ》がとがる。

「沙耶《さや》、すぐにむかえに行《い》くから、おばさんちに帰《かえ》って。なにも心配《しんぱい》しなくていいのよ。あんたの生活《せいかつ》は、ちゃんとうちでめんどう見《み》るから」

由布子伯母《ゆうこおば》はいい人《ひと》だ。でも、伯母《おば》は結婚《けっこん》していて、いまは七歳《ななさい》の子《こ》どもがいる。心配《しんぱい》しなくていいと言《い》われても、自分《じぶん》のめんどうまで見《み》るのはたいへんにちがいないと思《おも》う。そんなふうに気《き》がねして暮《く》らしてゆくより、ひとりでいるほうがいいと思《おも》っていた。それに、いまは父《ちち》も帰《かえ》ってきた。伯母《おば》のことは好《す》きだが、ほんとうの親《おや》ではない。血《ち》のつながった親《おや》といっしょに暮《く》らすほうがいいにきまっている。

それで、沙耶《さや》はきっぱりと言《い》った。

「ありがとう、おばさん。でも、おかあさんはちゃんとお金《かね》をのこしてくれたし、おとうさんもいるのよ。わたし、いままでどおり、自分《じぶん》の家《いえ》で暮《く》らす」

「沙耶《さや》、だめよ。その男《おとこ》は……！」

伯母《おば》が言《い》いつのろうとしたとき、父《ちち》が横《よこ》から電話《でんわ》を取《と》った。

「……ってことだ。沙耶《さや》はおれとここで暮《く》らす。じゃあな、おばさん」

通話口《つうわぐち》にむかってはきすてると、ピッと電話《でんわ》を切《き》る。そして、沙耶《さや》ににっこりと笑《わら》いかけた。

「これでいいだろ？」

「うんっ」

沙耶《さや》はいきおいこんで、うなずいた。

――それなら、おとうさんもわたしといっしょに暮《く》らしたいと思《おも》っているんだ。

新《あたら》しい生活《せいかつ》がはじまる。これまで、はなればなれだった父《ちち》との、新《あたら》しい生活《せいかつ》。

沙耶《さや》は有頂天《うちょうてん》だった。

彼女《かのじょ》の頭《あたま》から、母《はは》が残《のこ》した警告《けいこく》はすっかり消《き》えさっていた。


父《ちち》との生活《せいかつ》は、最初《さいしょ》は楽《たの》しかった。

父《ちち》はいつも冗談《じょうだん》を言《い》ったり、ふざけて笑《わら》っていた。その冗談《じょうだん》は、ときどき意味《いみ》がわからなかったけれど、沙耶《さや》もいっしょに笑《わら》った。

母《はは》もよく笑《わら》う人《ひと》だった。だから、同《おな》じように楽《たの》しく暮《く》らしてゆけると思《おも》った。

たまに、へんな違和感《いわかん》があったのだが――。

たとえば、ふたりで買《か》いものに出《で》かけたとき、道《みち》をゆっくりゆっくり歩《ある》いているおじいさんを見《み》て、父《ちち》が言《い》った言葉《ことば》。

「ちぇっ！　とっとと歩《ある》けよな。道路《どうろ》はあんなクソジジイの貸《か》し切《き》りじゃねえんだ。とっととあの世《よ》へ行《い》っちまえばいいのに」

その言葉《ことば》を聞《き》いたとき、沙耶《さや》は最初《さいしょ》、どきっとした。

母《はは》はけっして弱《よわ》い人《ひと》たちをせめるようなことは口《くち》にしなかった。もしお年寄《としよ》りに、『あの世《よ》へ行《い》っちまえ』なんて言《い》いでもしたら、こっぴどくしかられただろう。

そんな母《はは》のことが頭《あたま》に浮《う》かび、いっしゅん、うしろめたい気分《きぶん》になった。

でも、父《ちち》が、さもおかしそうに笑《わら》っているのを見《み》て、つられて自分《じぶん》もいっしょに笑《わら》ってしまった。

——きっとおとうさんは、冗談《じょうだん》であんなことを言《い》っただけで、本気《ほんき》じゃないんだ。心《こころ》の中《なか》では、口《くち》で言《い》うようなひどいことを思《おも》っているわけじゃない。

そうやって、自分《じぶん》に言《い》いわけしながら。

それでも、いっしょに住《す》んで三日《みっか》もたつと、だんだん、父《ちち》の欠点《けってん》が目《め》につくようになっていた。

父《ちち》はおそくまで寝《ね》ていて、沙耶《さや》が学校《がっこう》に行《い》くときも、おきてこない。

食《た》べたあとの食器《しょっき》は出《だ》しっぱなし、脱《ぬ》いだ服《ふく》もあちこちに散《ち》らばったまま。家事《かじ》はすべて沙耶《さや》にまかせっきりで、なにもしない。

もちろん、母《はは》が働《はたら》いていたから、沙耶《さや》もひととおり家事《かじ》はできる。

でも、父《ちち》は働《はたら》こうともせず、家《いえ》でテレビを見《み》ているか、ふらっとどこかに出《で》かけたきり、夜《よる》おそくになっても帰《かえ》ってこない。

夜《よる》ひとりでいると、しぜんと母《はは》のことが思《おも》いだされて、さびしくなる。

でも、伯母《おば》にたいして、あんなにはっきりと父《ちち》と暮《く》らすと言《い》ってしまった手前《てまえ》、弱音《よわね》を吐《は》きたくなかった。

それとも、浦島太郎《うらしまたろう》のお話《はなし》みたいに、なにか言《い》ってしまったら玉手箱《たまてばこ》のふたがひらいて、父《ちち》がいっきに年老《としお》いて、消《き》えてしまうような気《き》がするからだろうか。

＊　＊　＊

その日《ひ》、健吾《けんご》はひさしぶりに、実家《じっか》をたずねた。

じつのところ、人間回収車《にんげんかいしゅうしゃ》に運《はこ》びさられるまえから、実家《じっか》には寄《よ》りついていなかった。

それなのに、ちょっと親《おや》の顔《かお》でも見《み》てやろう、などと思《おも》いついたのは、魔《ま》がさしたとしか言《い》いようがなかった。

それまでに、むかしいっしょに遊《あそ》んだ悪友《あくゆう》どもをたずねていた。健吾《けんご》としては、まえと同《おな》じように連中《れんちゅう》とつきあおうというつもりだった。だが、悪友《あくゆう》たちは、すでに以前《いぜん》の住所《じゅうしょ》にいなかったり、見《み》つけても、家族《かぞく》をもってまじめに働《はたら》く、つまらない中年《ちゅうねん》オヤジになっていたりだった。

再会《さいかい》した連中《れんちゅう》は、まるで幽霊《ゆうれい》でも見《み》るような顔《かお》で、十数年《じゅうすうねん》まえのままの健吾《けんご》を見《み》た。健吾《けんご》からすると、つい数日《すうじつ》まえに会《あ》っていた連中《れんちゅう》なのに。

まるで浦島太郎《うらしまたろう》の気分《きぶん》だった。自分《じぶん》だけおいて、周囲《しゅうい》の世界《せかい》が、がらっと変《か》わってしまったみたいだ。

それで、里心《さとごころ》がついたということかもしれない。

実家《じっか》の玄関《げんかん》で健吾《けんご》を出《で》むかえたのは、確実《かくじつ》に年《とし》をとった父親《ちちおや》だった。

健吾《けんご》の顔《かお》を見《み》ても、しばらく誰《だれ》だかわからないようだったので、自分《じぶん》から名《な》のる。

「おれだよ、オヤジ。健吾《けんご》だよ。ひさしぶりだな」

父親《ちちおや》は、スズメバチにでもおそわれたみたいに、おおげさにのけぞった。

「け、健吾《けんご》……だって!?」

「健吾《けんご》？」

家《いえ》の奥《おく》から、母親《ははおや》の声《こえ》がした。

「いやだ！　お父《とう》さん、ぜったい家《いえ》に上《あ》げないで！」

母親《ははおや》に言《い》われるまでもなく、父親《ちちおや》はかたくなな拒絶《きょぜつ》の表情《ひょうじょう》で言《い》う。

「なんの用《よう》だ？　何年《なんねん》もまえに、ふらっといなくなって、いまごろ……」

あまりの反応《はんのう》に、健吾《けんご》はカッとする。

「ハァ？　なんの用《よう》って、自分《じぶん》ちに帰《かえ》るのに、用《よう》がなきゃだめなのかよ？」

「金《かね》なら、ないぞ」

「ひでえな。てめえの息子《むすこ》になんて言《い》いようだ？」

「とっくの昔《むかし》に縁《えん》は切《き》った。おまえがおれたちになにをしたか、わすれたのか？」

じつのところ、思《おも》いだせなかった。

帰《かえ》ってきてから、まだ思《おも》いだせないことがたくさんある。だが、じつの親《おや》なら、息子《むすこ》が十数年《じゅうすうねん》ぶりに帰《かえ》ってきたら、よろこんでむかえてくれて、とうぜんだろうに。

「とにかく、二度《にど》とおまえの顔《かお》は見《み》たくない。もう来《こ》ないでくれ！」

冷《つめ》たく目《め》の前《まえ》で、ドアが閉《と》じられた。

健吾《けんご》は呆然《ぼうぜん》と、そのドアを見《み》つめた。

＊　＊　＊

夜《よる》おそく、父《ちち》が帰《かえ》ってきた。どうやらよっぱらっているようだ。

「おかえりなさい、おとうさん……」

沙耶《さや》はえんりょがちに出《で》むかえた。

気《き》がすすまないけれど、聞《き》かなければならないことがあった。沙耶《さや》は、たんすのひきだしをゆびさして、たずねる。

「あの……おとうさん、わたしの通帳《つうちょう》しらない？　ここにあったはずなの」

「はあ、通帳《つうちょう》ー？　……ああ、これか」

父《ちち》がポケットから通帳《つうちょう》とはんこを出《だ》して、むぞうさに、こちらにほうってよこす。

沙耶《さや》は床《ゆか》に落《お》ちた通帳《つうちょう》をひろいあげ、開《ひら》いてみる。そうして、目《め》をうたがった。

沙耶《さや》はふるえる声《こえ》できく。

「おとうさん……わたしのお金《かね》、使《つか》ったの……？」

いつのまにか、百万円以上《ひゃくまんえんいじょう》のお金《かね》が引《ひ》き出《だ》されていた。

「こんなにたくさん……いったい、なにに……？」

父《ちち》は悪《わる》びれもせず、へらへらと答《こた》える。

「はあー？　パチンコとか酒《さけ》とか、まあいろいろさ。しかたねえだろ。生《い》きてりゃ、金《かね》がいるんだよ」

「だったら、働《はたら》けばいいじゃない！　どうして？　おかあさんが、わたしのために残《のこ》してくれたお金《かね》なのに……」

沙耶《さや》は目《め》の前《まえ》が暗《くら》くなるのを感《かん》じた。

母《はは》がいっしょうけんめい働《はたら》いて、ためてくれた、だいじなお金《かね》。このお金《かね》がなくなったら、高校《こうこう》へも行《い》けなくなる。

せめる沙耶《さや》を、逆《ぎゃく》に父《ちち》が、こわい顔《かお》でどなりつける。

「うるせえな！　ガキのくせに、えらそうに言《い》うな！」

「だって……わたしのお金《かね》を、かってに……！」

「だまれ！」

父《ちち》が手《て》を振《ふ》り下《お》ろした。頬《ほお》をたたかれて、沙耶《さや》はよろめいてあとずさる。

「金《かね》、金《かね》、金《かね》！　おまえは亜希子《あきこ》そっくりだな！　金《かね》がそんなにだいじか⁉」

父《ちち》が目《め》の前《まえ》で仁王立《におうだ》ちになって、大声《おおごえ》でわめきちらしている。

「あいつと同《おな》じこと言《い》いやがって。働《はたら》けだの、金《かね》を返《かえ》せだの！　かってに妊娠《にんしん》して、ガキができたからって、おれに責任《せきにん》おっかぶせやがって！」

沙耶《さや》は頭《あたま》がまっ白《しろ》になって、相手《あいて》がなにを言《い》っているかもわからない。たたかれた頬《ほお》が、じんじんと熱《あつ》い。

「おまえらみんな、おれのこと、なんだと思《おも》ってんだ！　せっかくたずねていったのに、親《おや》はおれのこと、害虫《がいちゅう》みたいにほうりだしやがった！　十何年《じゅうなんねん》ぶりに帰《かえ》ってきた息子《むすこ》に、二度《にど》と顔《かお》を見《み》たくない、もう来《く》るなってよ！」

沙耶《さや》は息《いき》をのんだ。

「……ほんとうに？」

「そうさ、ひどい親《おや》だろ？」

父《ちち》は、にいぃっと笑《わら》った。

「だから、家《いえ》に火《ひ》をつけてやった。ざまあみろだ！」

「え……」

沙耶《さや》は耳《みみ》をうたがう。

「……冗談《じょうだん》……だよね？」

「冗談《じょうだん》なもんか。マジさ。夜《よる》になってから、もどって、火《ひ》つけてやった。あんなやつら、焼《や》け死《し》ねばいいんだよ！」

そう言《い》うと、父《ちち》はさも楽《たの》しそうにわらった。いつもの冗談《じょうだん》を言《い》うときと、まったく同《おな》じように。

でも、これは冗談《じょうだん》じゃない。

「うそ……」

沙耶《さや》の背《せ》すじを、つめたいものが走《はし》る。

やっとわかった。父《ちち》はもとから、こういう人《ひと》だったのだ。

口《くち》が悪《わる》いだけで、心《こころ》の中《なか》はべつだ、本気《ほんき》で言《い》っているんじゃない——なんて、とんだ思《おも》いちがいだった。心《こころ》の底《そこ》から、ざんこくで、とことんつめたい人《ひと》なのだ。

「それもこれも、おまえの母親《ははおや》のせいだ！　あの女《おんな》がおれを、人間回収車《にんげんかいしゅうしゃ》なんかにつれてゆかせたから、こんなことになったんだ！　それであいつは死《し》んで、いまおれはここにいる。ざまあみろだ！」

沙耶《さや》は思《おも》いだした。

最初《さいしょ》の夜《よる》に、父《ちち》が言《い》って聞《き》きとれなかった言葉《ことば》。母《はは》が死《し》んだと聞《き》いたとき、父《ちち》がなんと言《い》ったか。


——ざまあみろだな。

沙耶《さや》はぞっとした。

こわい。こわい。この人《ひと》から逃《に》げなくちゃ……！

沙耶《さや》は意《い》を決《けっ》して走《はし》りだし、玄関《げんかん》からとびだした。

「待《ま》てよ！」

うしろから父《ちち》のどなり声《ごえ》が追《お》いかけてくる。こんなことが、とおい昔《むかし》にあったような気《き》がする。

こわい。足《あし》がふるえて、うまく走《はし》れない。

なんとか、おもての路地《ろじ》に出《で》たところで、うしろから髪《かみ》をつかまれて引《ひ》きたおされる。

「いたいっ！　いや！　いや！　たすけて！」

沙耶《さや》は恐怖《きょうふ》に泣《な》きさけぶ。

父《ちち》は足《あし》もとにたおれた沙耶《さや》を見《み》おろして、にやにや笑《わら》っている。

「なんで逃《に》げるんだよ。おまえが、おれと暮《く》らしたいって言《い》ったんだろ？」

おとうさんに会《あ》いたい――そうねがった、過去《かこ》の自分《じぶん》を、沙耶《さや》ははげしく悔《く》やんだ。

母《はは》は言《い》っていたのに。父《ちち》をさがしてはいけないと。開《あ》けてはいけない箱《はこ》を開《あ》けてしまったのは、わたし自身《じしん》なんだ……！

父《ちち》が、ぐいっと沙耶《さや》のうでをつかみ、引《ひ》っぱる。

「さあ、帰《かえ》るぞ。立《た》てよ！」

「いや！　はなして！」

沙耶《さや》はけんめいに、のがれようとする。だが、ひょろりとした体《からだ》のどこに、そんな力《ちから》があるのか、父《ちち》の手《て》は痛《いた》いほど強《つよ》く、とてもふりほどけない。

「――沙耶《さや》!?」

声《こえ》がひびき、誰《だれ》かがかけよってくるのが見《み》えた。

「なにしてるの!?　その子《こ》から、はなれなさい！」

「由布子《ゆうこ》おばさん！」

沙耶《さや》はすがるような気《き》もちで、闇《やみ》のなかからあらわれた伯母《おば》を見《み》あげる。だが父《ちち》は、平《へい》然《ぜん》としてせせら笑《わら》った。

「はあ？　こいつはおれの娘《むすめ》だ。おれがどうしようと、おれの勝手《かって》だろ！」

――そうだ。この人《ひと》がわたしのおとうさんなんだ。どうやったって、逃《に》げられない。

絶望《ぜつぼう》にとらわれた沙耶《さや》の目《め》には、ひょろっとした父《ちち》の姿《すがた》が、まるで、ばけもののように見《み》えた。

そのとき――

〈こちらは、人間回収車《にんげんかいしゅうしゃ》です。
ご不要《ふよう》になった人間《にんげん》はいらっしゃいませんか。
こわれていても、かまいません。
どんな人間《にんげん》も回収《かいしゅう》いたします。
お気軽《きがる》に、お声《こえ》かけください――〉
闇《やみ》の底《そこ》からひびいてくるような、ひくい声《こえ》。

暗《くら》い路地《ろじ》を、こちらにむかってくる黒《くろ》い車《くるま》が見《み》えた。

沙耶《さや》はハッとする。

父《ちち》をつれてきた、あの車《くるま》だ。

父《ちち》の顔《かお》が、びくっとこわばる。

すかさず――由布子伯母《ゆうこおば》がさけんだ。

「この人《ひと》を回収《かいしゅう》して！　はやく！」

その指《ゆび》は、まっすぐ父《ちち》をさしていた。

「やめろ！」

父《ちち》は、こちらにむかってくる軽《けい》トラックから逃《に》げようと、沙耶《さや》のうでをはなして走《はし》りだす。由布子伯母《ゆうこおば》が、いそいでかけより、沙耶《さや》を抱《だ》きしめた。

軽《けい》トラックが、キッとブレーキの音《おと》を鳴《な》らして、父《ちち》の横《よこ》に止《と》まる。

運転席《うんてんせき》から黒《くろ》い制服《せいふく》を着《き》た男《おとこ》がおりてくると、逃《に》げようとする父《ちち》のえり首《くび》を、ぐっとつかまえた。

「やれやれ、言《い》ったはずですがねえ。二度《にど》とお会《あ》いすることがないように——と」

「は、はなせ！　おれはその車《くるま》には乗《の》らねえぞ！」

父《ちち》がじたばたとあがくが、黒《くろ》い運転手《うんてんしゅ》はどうやったのか、またたく間《ま》に、軽《けい》トラックの荷台《にだい》へと乗《の》せてしまった。

父《ちち》の顔《かお》に、まじりけなしの恐怖《きょうふ》がうかんだ。

「おい、やめろ！　たすけてくれ、沙耶《さや》！」

さっきまで、自分《じぶん》が沙耶《さや》にしていたこともわすれたのだろうか。沙耶《さや》はふるえながら、その声《こえ》を聞《き》くまいと、伯母《おば》の胸《むね》に顔《かお》をうずめる。

「沙耶《さや》～～～～～～～～～っ！」

父《ちち》のさけびが遠《とお》ざかってゆく。それでも、ふるえはなかなかおさまらなかった。

伯母《おば》が沙耶《さや》の背中《せなか》をなでながら、話《はな》しかけてくる。

「あの人《ひと》はね、昔《むかし》、あなたとお母《かあ》さんに、さんざん暴力《ぼうりょく》をふるった、おそろしい男《おとこ》だったの。ある日《ひ》、ふっと姿《すがた》を消《け》すまでは、お母《かあ》さんはそれは苦労《くろう》したのよ。だから、もどってきたって聞《き》いて、心配《しんぱい》していたの」

伯母《おば》は大《おお》きくため息《いき》をついた。

「もしかして、性根《しょうね》をいれかえて、いい人《ひと》になっているんじゃないかって、期待《きたい》したんだけど……さっき、あの男《おとこ》の実家《じっか》が火事《かじ》になったってニュースを見《み》て、急《きゅう》に不安《ふあん》になって。来《き》てみて、ほんとうによかったわ」

「あ……あの人《ひと》が、火《ひ》をつけたの……」

「そうじゃないかと思《おも》ったわ」

伯母《おば》は、ひややかに言《い》った。

「性根《しょうね》は、まったくかわっていなかったのね」

沙耶《さや》は泣《な》きながら、伯母《おば》の顔《かお》を見《み》あげた。

「おばさん、どうしよう……あの人《ひと》に、たくさんお金《かね》をつかわれてしまったの。わたし、高校《こうこう》に行《い》けないよ」

「心配《しんぱい》しないで。伯母《おば》さんにまかせておきなさい。あんたは亜希子《あきこ》の残《のこ》した、たいせつな娘《むすめ》なんだから」

そう言《い》われて、沙耶《さや》はまた泣《な》いた。

ようやく、母《はは》が父《ちち》を、人間回収車《にんげんかいしゅうしゃ》につれてゆかせた理由《りゆう》がわかったからだ。

「おかあさんは、わたしをあの人《ひと》から、守《まも》ろうとしたんだね……」

＊　＊　＊

「犬崎健吾《いぬざきけんご》さん、残念《ざんねん》でしたねぇ」

運転手《うんてんしゅ》が、わざとらしく同情《どうじょう》してみせた。

健吾《けんご》は、仕切《しき》りの窓《まど》にこぶしをたたきつける。

「なんでだよ！　あんた、帰《かえ》してくれたんじゃなかったのかよ！」

「帰《かえ》しましたよ。あなたを必要《ひつよう》としてくれる人《ひと》がいたからです。私《わたし》たちの仕事《しごと》は、不要《ふよう》な人間《にんげん》を回収《かいしゅう》することですから」

「はあ!?　わけのわかんねえこと言《い》ってんじゃねえよ！　おろせよ！」

「それは、むりと言《い》うものです。あなた、これまで自分《じぶん》がなにをしてきたか、わかっているでしょう？」

そう言《い》われたとたん、これまでつごうよく忘《わす》れていた記憶《きおく》が、健吾《けんご》の頭《あたま》に、いっきによみがえってきた。

悪《わる》い仲間《なかま》とつるんで、悪《わる》いことばかりしてきた。

万引《まんび》きや、ひったくりをした。会社帰《かいしゃがえ》りのオヤジを、みんなでいためつけて、金《かね》をうばった。車《くるま》をぬすんで乗《の》りまわした。

両親《りょうしん》がたしなめると、両親《りょうしん》をなぐった。

女《おんな》をだまして、いっしょにくらし、気《き》に入《い》らないと女《おんな》もなぐった。

──そうだ。最初《さいしょ》に回収《かいしゅう》されたときも……。

たしか、パチンコで負《ま》けて、くさくさしていたときだった。

健吾《けんご》は亜希子《あきこ》を何度《なんど》もなぐり、けりつけた。幼《おさな》い沙耶《さや》にも手《て》を上《あ》げたとき、亜希子《あきこ》が沙《さ》耶《や》をだいて、逃《に》げだした。

ちょうどそのとき、目《め》のまえを黒《くろ》い軽《けい》トラックが通《とお》りかかった。

〈――ご不要《ふよう》になった人間《にんげん》はいらっしゃいませんか……〉

それを聞《き》いて、血《ち》まみれ、あざだらけの顔《かお》で、亜希子《あきこ》がさけんだのだ。

この人《ひと》を回収《かいしゅう》して！　――と。

そして、そのあとは……

健吾《けんご》の顔《かお》から、音《おと》を立《た》てて血《ち》が引《ひ》いてゆく。

運転手《うんてんしゅ》が、まるで口《くち》がさけたような顔《かお》で、にやぁっと笑《わら》う。

「ざんねんですねぇ。あなたは、もといたところへ、もどらないといけません。せっかく救《すく》われるチャンスだったんですがねぇ……」

もといたところ、、、、、、か――

健吾《けんご》はようやく、行方不明《ゆくえふめい》だった十数年《じゅうすうねん》をすごした場所《ばしょ》のことも思《おも》いだす。

恐怖《きょうふ》のあまり、全身《ぜんしん》からつめたい汗《あせ》がふきだし、がたがたと体《からだ》がふるえだす。彼《かれ》は恥《はじ》もてらいもなく、窓《まど》にへばりついて懇願《こんがん》した。

「い……いやだ！　たのむよ、なんでもする！　あそこへはもどさないでくれ！」

「おや、それならどうして、もどされるようなことをしたんですか？　心《こころ》をいれかえて、まっとうに生《い》きていれば、人間回収車《にんげんかいしゅうしゃ》にまた回収《かいしゅう》されるようなことには、ならなかったでしょうねえ」

「お、おれが悪《わる》かった！　こんどこそ、心《こころ》をいれかえる！　だから、おろしてくれ！　もう、悪《わる》いことはしない！」

「それはむりです。――ふふふ、でも、もしかしたらまた、だれか、あなたを必要《ひつよう》としてくれる人《ひと》が、よびもどしてくれるかもしれませんよ？」

健吾《けんご》は、絶望《ぜつぼう》とともにさとる。

もう二度《にど》と、自分《じぶん》をよびもどしてくれる人間《にんげん》はいない。この世《よ》に、健吾《けんご》を必要《ひつよう》としてくれる人間《にんげん》は、ひとりもいないのだ。

未来永劫《みらいえいごう》、けっして……。

見《み》る間《ま》に、彼《かれ》の髪《かみ》に白《しろ》いものがまじり、目《め》のまわりの皮膚《ひふ》がちぢれるように、しわが寄《よ》ってゆく。まきもどされていた時《とき》が流《なが》れだし、浦島太郎《うらしまたろう》が玉手箱《たまてばこ》をあけたように、本来《ほんらい》の年齢《ねんれい》へと老《お》いてゆくのだ。

あごやほおがたるんで、下腹《したばら》がつきだした健吾《けんご》は、もはやどう見《み》てもイケメンとはいえず、身《み》をもちくずした中年男《ちゅうねんおとこ》でしかない。

だが、いまの彼《かれ》には、自分《じぶん》の体《からだ》におこった変化《へんか》など、どうでもいいことだった。

健吾《けんご》は、荷台《にだい》にぺたんとすわりこみ、うすくなった頭《あたま》をかきむしって、絶叫《ぜっきょう》する。

「いやだぁぁぁ！　もう、あそこへは行《い》きたくないぃぃぃぃ！」

泣《な》いても、わめいても、もうおそい。

またあのおそろしい場所《ばしょ》へもどるくらいなら、いっそ死《し》んだほうがましだった。

だが、あの場所《ばしょ》では、死《し》ぬことさえ、ゆるされないのだ。

「たすけてくれぇぇぇぇぇ！」

黒《くろ》い軽《けい》トラックは闇《やみ》のなかに走《はし》りさり、男《おとこ》の悲鳴《ひめい》もまた、闇《やみ》にすいこまれていった。

「何度《なんど》も、同《おな》じあやまちをくりかえす。

人間《にんげん》というものは、ほんとうに、おろかですねえ……」

人《にん》間《げん》回《かい》収《しゅう》車《しゃ》

Special《スペシャル》 Edition《エディション》

こちらは人間《にんげん》回収車《かいしゅうしゃ》です
ヴロロ…
ご不要《ふよう》になった人間《にんげん》はいらっしゃいませんか
不要《ふよう》な人間《にんげん》を回収《かいしゅう》する人間回収車《にんげんかいしゅうしゃ》
今日《きょう》もいたる所《ところ》で回収《かいしゅう》されている人間《にんげん》がいる

回収《かいしゅう》された人間《にんげん》の反応《はんのう》は様々《さまざま》だ
泣《な》きだす者《もの》
いやぁ…回収《かいしゅう》なんて…
怒《おこ》りだす者《もの》
てめぇ降《お》ろせよ!!
なんだよこれ!
絶望《ぜつぼう》する者《もの》
そして

逃《に》げ出《だ》そうとする者《もの》
ダーーッ
くっ…
おやおや…
たまに目《め》を覚《さ》ますのが早《はや》い人間《にんげん》がいるんですよねぇ…
困《こま》ったものです
ダダダ
なんなんだよ回収《かいしゅう》って！
ふざけんな!!

どんっ
さぁ…戻《もど》ってください
なんで…
誰《だれ》が回収《かいしゅう》なんてされるかよ!!
ばっ
俺《おれ》は逃《に》げ切《き》ってやる!!
ごそっ

ハァ
ハァ
殺《ころ》されたくなかったらそのまま帰《かえ》れ!!
俺《おれ》は本気《ほんき》だからな!!
フ……

どうぞ
何《なに》をしようが無駄《むだ》ですから
ズ…
くっ…
くそがあぁぁ!!
ド

ドロ
なっ…!?
なんだよこれ?
ニッ
ダッ
ひぃぃ
ばけものー!!

また鬼《おに》ごっこですか…
ズル
ズル…
おまえさー
ズル
泳《およ》がせて遊《あそ》んでない?
ズル

ドサッ
まさか…
そんな時間《じかん》の無駄《むだ》はしませんよ
…こいつどうなの？戻《もど》れんの？
いえ
彼《かれ》は家族《かぞく》にも手《て》を上《あ》げるような人間《にんげん》でしたから
小《ちい》さい自分《じぶん》の子供《こども》にさえ…
自分《じぶん》さえよければいい
自分《じぶん》の思《おも》い通《どお》りにしたい
勝手《かって》な人間《にんげん》ばかりですね

はっ
そんなこと
今《いま》さら言《い》わなくても分《わ》かってんだろ
そうですね…
to be continued…

Shogakukan Junior Bunko

★小学館ジュニア文庫★

人間回収車 ～地獄からの使者～

2017年 5 月29日　初版第 1 刷発行

著者／後藤リウ
原作・イラスト／泉道亜紀

発行人／細川祐司
編集人／筒井清一
編集／藤谷小江子

発行所／株式会社　小学館
〒101-8001　東京都千代田区一ツ橋２－３－１
電話　編集　03-3230-5613
販売　03-5281-3555

印刷・製本／中央精版印刷株式会社

デザイン／DELASIGN

Printed in Japan　ISBN 978-4-09-231166-4

★「小学館ジュニア文庫」を読んでいるみなさんへ★

この本《ほん》の背《せ》にあるクローバーのマークに気《き》がつきましたか?

オレンジ、緑《みどり》、青《あお》、赤《あか》に彩《いろど》られた四《よ》つ葉《ば》のクローバー。これは、小学館《しょうがくかん》ジュニア文庫《ぶんこ》のマークです。そして、それぞれの葉《は》の色《いろ》には、私《わたし》たちがジュニア文庫《ぶんこ》を刊行《かんこう》していく上《うえ》で、みなさんに伝《つた》えていきたいこと、私《わたし》たちの大切《たいせつ》な思《おも》いがこめられています。

オレンジは愛《あい》。家族《かぞく》、友達《ともだち》、恋人《こいびと》。みなさんの大切《たいせつ》な人《ひと》たちを思《おも》う気持《きも》ち。まるでオレンジ色《いろ》の太陽《たいよう》の日差《ひざ》しのように心《こころ》を暖《あたた》かにする、人《ひと》を愛《あい》する気持《きも》ち。

緑《みどり》はやさしさ。困《こま》っている人《ひと》や立場《たちば》の弱《よわ》い人《ひと》、小《ちい》さな動物《どうぶつ》の命《いのち》に手《て》をさしのべるやさしさ。緑《みどり》の森《もり》は、多《おお》くの木々《きぎ》や花々《はなばな》、そこに生《い》きる動物《どうぶつ》をやさしく包《つつ》み込《こ》みます。

青《あお》は想像力《そうぞうりょく》。芸術《げいじゅつ》や新《あたら》しいものを生《う》み出《だ》していく力《ちから》。立場《たちば》や考《かんが》え方《かた》、国籍《こくせき》、自分《じぶん》とは違《ちが》う人《ひと》たちの気持《きも》ちを思《おも》い、協力《きょうりょく》しあうことも想像《そうぞう》の力《ちから》です。人間《にんげん》の想像力《そうぞうりょく》は無限《むげん》の広《ひろ》がりを持《も》っています。まるで、どこまでも続《つづ》く、澄《す》みきった青《あお》い空《そら》のようです。

赤《あか》は勇気《ゆうき》。強《つよ》いものに立《た》ち向《む》かい、間違《まちが》ったことをただす気持《きも》ち。くじけそうな自分《じぶん》の弱《よわ》い気持《きも》ちに立《た》ち向《む》かうことも大《おお》きな勇気《ゆうき》です。まさにそれは、赤《あか》い炎《ほのお》のように熱《あつ》く燃《も》え上《あ》がる心《こころ》。

四《よ》つ葉《ば》のクローバーは幸《しあわ》せの象徴《しょうちょう》です。愛《あい》、やさしさ、想像力《そうぞうりょく》、勇気《ゆうき》は、みなさんが未来《みらい》を切《き》りひらき、幸《しあわ》せで豊《ゆた》かな人《じん》生《せい》を送《おく》るためにすべて必要《ひつよう》なものです。

体《からだ》を成長《せいちょう》させていくために、栄養《えいよう》のある食《た》べ物《もの》が必要《ひつよう》なように、心《こころ》を育《そだ》てていくためには読書《どくしょ》がかかせません。みなさんの心《こころ》を豊《ゆた》かにしていく本《ほん》を一冊《さつ》でも多《おお》く出《だ》したい。それが私《わたし》たちジュニア文庫編集部《ぶんこへんしゅうぶ》の願《ねが》いです。

みなさんのこれからの人生《じんせい》には、困《こま》ったこと、悲《かな》しいこと、自分《じぶん》の思《おも》うようにいかないことも待《ま》ち受《う》けているかもしれません。どうか「本《ほん》」を大切《たいせつ》な友達《ともだち》にしてください。どんな時《とき》でも「本《ほん》」はあなたの味方《みかた》です。そして困難《こんなん》に打《う》ち勝《か》つヒントをたくさん与《あた》えてくれるでしょう。みなさんが「本《ほん》」を通《つう》じ素敵《すてき》な大人《おとな》になり、幸《しあわ》せで実《みの》り多《おお》い人生《じんせい》を歩《あゆ》むことを心《こころ》より願《ねが》っています。

小学館ジュニア文庫編集部